昭和からの遺言

鈴木健二

GENTOSHA

昭和からの遺言　目次

第一章　生身の戦争

第二章

感動なしに人生はありえない

第三章　テレビ界最後の職人

装幀　石間淳
装画　永島壮矢
章扉写真　共同通信社
ＤＴＰ　美創
協力　井手晃子

第一章

生身の戦争

桜からのメッセージ

桜とは縁がありました。生まれ育ったのが隅田川のすぐ近くで、幼い頃は春ともなれば隅田公園の桜の下で遊び、川面《かわも》に降り注ぐ桜吹雪《さくらふぶき》を飽かずに眺めたものです。

中学は靖国神社のすぐ近くの学校だったので、九段の桜もよく眺めました。しかし、この時は戦争が始まっていて、「桜花の如くに散れ」と徹底的に教えられることになったのです。私にとっては、九段の桜、それは戦争によって黒と白の弔花《ちょうか》となり、大鳥居の向こうで悲しく咲いていた思い出なのです。往時の日本人には紅《くれない》に咲く護国の花として映っていたのでしょうか。

梅を詠《よ》んだ和歌や俳句はたくさんありますが、桜は少ないのではないでしょうか。昔は山桜、峰桜、深山桜《みやま》が主で人里離れた山に咲いていて、梅のように庭や里には少なかったためかもしれません。

それが美しい染井吉野が交配により生まれ、その散り際の美しさが武士道に無理矢理のせられ、そのまま帝国軍隊に受け継がれてしまう。こういう歴史を辿ら《たど》された植物は、他にないのではないでしょうか。

私は昭和二十年三月十日の東京大空襲の惨状を直接体験しました。

翌朝、陽が昇り、隅田川対岸は見渡す限りの焼け野ヶ原。足もとには黒焦げの遺体が無数に転がっていました。浅草方面にぽつんと建っていたデパートの窓からは、まだ黒煙が立ちのぼり、時々焔《ほのお》が燃え出ているのを眺めて、今年の墨堤の桜には黒い蕾《つぼみ》が萌《も》え出るのだろうかと思ったほどです。

半死半生のどん底状態でわずか二週間後に東京を去り、旧制高校に入学するために、辿り着いたのは津軽の弘前《ひろさき》。ここのお城の桜は五月初旬に満開になり、それは見事で日本一であると聞かされました。桜は四月と思っていたので、ああ、自分は生まれ故郷を失って、桜が五月に咲く異郷の地へ流れて来てしまったのだと、わずか十七歳で、戦争によって翻弄された哀れな青春を実感したのでした。

それでも桜が咲くと、ほとんど毎日のように、高下駄をガラガラと踏み鳴らしてお城に通いました。五千本と聞いた桜（敗戦後二千五百本に訂正された）が満開になっても、花見酒は一滴もなく、楽しみの弁当もなく、したがって見物する人はほとんどおらず、花だけが無情に咲いて散っていたのが印象的でした。時折見かける弘前師団の兵隊さんの軍服が、武士道とは死ぬことと見つけたりの延長線上にいる人として、妙に桜と釣り合う感じがしたのを覚えています。

桜には落語の「長屋の花見」のような下町風の楽しい雰囲気が似合うはずなのに、花びらが、葬送行進曲のような悲しいメロディをバックに、兵隊さん達のまわりをひらひらと踊りながら古城の土の上に落ちていました。

戦争が終わって七十年もたつと、桜の花になぞらえて、散華《さんげ》と呼ばれた死に方が、当たり前であった時代を知っている日本人は皆無に近くなったのではないでしょうか。それどころか、かつての敵国人が観光客として満開の桜の見物に日本へ来る時代が訪れようとは。

そんな桜並木の中に、切株にされてしまった桜があったのをご存じでしょうか。敗戦の翌年、軍国主義に加担したとして無残にも切断された桜なのです。桜こそ迷惑な話です。桜はただ春が来たから自然の摂理に従って咲き、散っていただけなのに。

私には切り株となった桜から託されたものがあります。それは戦後生まれの方達に、我々の体験談を語ることです。そしてもう二度と、桜の木を切るような痛ましい戦争をしないと約束してもらうことです。

兵隊さんが吹くラッパの音

戦争がもたらすすべての不幸を体験させられた、戦前・戦中派と呼ばれる私達は、今やアナログ世代と呼ばれていますが、我々世代には漢字で穴呂愚人《あなろぐじん》と書いたほうがしっくりきます。

我々にとってはコンピューターやiPhoneを自在に扱う戦後生まれの人達は、まるで別の人類のようだからです。その穴呂愚人が、同じ日本人として戦後生まれの人達に伝えておきたいことがあります。

それは、「戦争の不幸と愚かさ」です。

国会では憲法改正論議が盛んで、併せて自衛隊を地図の上でどの範囲まで出動させられるのかなどが、同じ質問と同じ答弁で繰り返されています。さっぱり核心に触れないのは、大臣達も野党の人も全員戦争体験のない人達だからです。戦争ごっこはしたでしょうけれども、戦争がもたらす不幸と愚かさとは無縁の人達の「お話し合い」のせいなのです。私達から見れば、小学生の会話のようです。

私の場合、小学校一年生の三学期に、二・二六事件、つまり陸軍々人の叛乱《はんらん》が起こった時が戦争体験の始まりです。もちろん、その歳ではなんのことやらわかりませんでしたが、珍しく東京の下町にも小雪が降っていて、その中を授業が中止になって家へ帰されたのを覚えています。それ以前に満州（現・中国東北部）で、陸軍の兵士達による爆破事件があったことは、ずっと後で知りました。

小学生でもなぜか「盧溝橋《ろこうきょう》の一発」という言葉は覚えました。支那《しな》事変（のちの日中戦争）の始まりでした。この時、子供心にもなぜ戦争と呼ばずに事変というのだろう、おかしいなあと感じていました。というのも、同じ組の子のお父さんが戦死したからです。事変だから変死というのかと思ったら、戦死といっているなあと。

担任の先生に連れられてお葬式に行くと、兵隊さんが十人ぐらい来て、捧《ささ》げ銃《つつ》をしていました。お葬式が終わると、お父さんの名前が白い布に墨で書かれ、それを竹竿の先に掲げた幟《のぼり》を先頭に、兵隊さんが吹くラッパの音に合わせて、町内をゆっくり静々と歩きました。

友達は白い布に包まれた箱を首から下げて、泣きじゃくりながら幟のすぐ後ろを歩いていました。道の両側の家の人達が次々に飛び出して来て、両手を合わせて拝《おが》みました。お父さんを殺した支那軍の大将は、ショーカイセキという名前であることを知りましたが、私は突然お父さんが死んでしまった友達が可哀想でなりませんでした。家へ着くと涙が急に溢《あふ》れました。母が前かけで私の頬を拭きながら、戦争っていやだねえと言いました。えっ支那事変じゃないの、戦争なのと私は聞き返したのを記憶しています。これが私の戦争体験の始まりでした。

その後、昭和四十五年頃でしたか、私はラジオの社会番組のために、偶然にも「盧溝橋の一発」を直接体験した生き残りの老兵士数人を取材することになりました。

　すると、確かに盧溝橋を流れる永定河《えいていが》の岸の原っぱで、日本の軍隊が軍事訓練をしていた夕方、一発の銃声が聞こえ、弾丸がヒューンと頭の上を通って行ったと、誰もが話してくれました。

　しかし、そのヒューンを真後ろから聞いたという人と、斜め左後方から聞いた人とに分かれました。真後ろでは、蔣介石《しょうかいせき》の中国政府軍が何かの工事をしていて、左斜め後ろには毛沢東《もうたくとう》の共産軍がいたとのことでした。

　これを日本の政府と軍部は、真後ろからと断定し、蔣さんの国民政府軍と戦いを始めます。もしも左斜め後ろからの銃声のほうをとっていたら、今日の中華人民共和国は存在せず、習近平《しゅうきんぺい》主席も誕生しなかったかもしれません。

　人間は戦争を繰り返し、それを歴史と呼んでしまうのです。しかし、この歴史は一面から見ると、人間の愚かさを描いた漫画のようです。

戦争は突然始まる

多くの戦争は、夫婦げんかや兄弟げんかと同じように、実に些細《ささい》な事柄、もしくは不意打ちのような奇襲や悪だくみから始まります。国際法ではちゃんと宣戦布告をしてからという定めがあるそうですが、大東亜戦争の発端となった真珠湾攻撃は不意打ちの奇襲でした。

また終戦間際のソビエトの満州侵攻は、一方的な条約無視で、一説によると、この条約を結んだ時、すでにソビエトのリーダーであったスターリンは、ソビエトから満州国境に至る軍需物資輸送のための鉄道敷設計画を立てていたとも言われています。

こういった戦争を体験した我々穴呂愚人からすると、今の自衛隊派遣やそれに絡《から》む憲法論議は、まるで絵に描いた餅のようで、具体性がまるでありません。

アメリカがなんとかしてくれるだろうと、棚からの牡丹餅《ぼたもち》を、口を開けて落ちて来るのを待っていたら、突然棚ごと落ちて来て、怪我《けが》をすることもあるのです。

いっそのこと、自衛隊幹部や軍事評論家も国会の議論に参加して、北朝鮮が日本海側の原子力発電所を宣戦布告以前に奇襲して、発電所が破壊されメルトダウンが発生したらどう対応するのかなどの議論を一緒にしたら良いのではと思います。面倒なことが起こってから閣議を開き、国会の承認を得て、それからやっと自衛隊が出動するなどとのんびり討論していたら、国民にわかりにくい論議が、さらにわかり難《にく》くなるのではないかとさえ思うのです。

こう思った根拠の一つは、私自身のリアルな体験の中にあります。

下町で育った私ですが小学校の先生の勧めで、山の手の中学（第一東京市立中学校）へ入学しました。学校は靖国神社と道路一つ隔《へだ》てた隣り合わせにありました。中学一年の十二月八日朝のことでした。登校するために、玄関の上がり框《かまち》に座って、編み上げ靴の紐《ひも》を結ぼうとした時、隣室の棚の上のラジオからポポポーンというチャイムの音が突然聞こえました。なんだろうと耳を澄ましました。すると緊張した声が言いました。

「臨時ニュースを申し上げます。臨時ニュースを申し上げます。大本営発表。本八日未明、帝国陸海軍は西太平洋に於て、米英両軍と戦斗《せんとう》状態に入れり」

母が今何て言ったんだいラジオはと、後片付けの手を休めて、奥の茶の間から聞きました。戦争が始まったんだってと答えると、どことと聞くので、アメリカとイギリスらしいよと言うと、よしゃいいのにねえ、支那とだけでも大変じゃないかと文句をつけたのを耳にしてから、私は家を出て両国駅へと歩きました。

初冬の下町はしんと静まり返っていましたが、私はおやっと思いました。西太平洋で戦斗に入ったと言ってたけれど、西太平洋ってどこにあるのだろうという疑問が起こったのです。

学校へ着くと真直ぐに図書室へ行き、世界地図や地理の本や辞典を棚からとって、急いで調べましたが、西太平洋という海はその頃の本にはどこにもありませんでした。

大本営は政府の大臣と陸軍と海軍が集まり、天皇陛下と戦争のやり方について話しあう所と聞いていていました。その大本営がありもしない場所を言うとはと、中学一年生の私にしこりとなって残り、これが長く続きました。

真珠湾の大勝利は、軍神と呼ばれる海軍の軍人さんの力に負うところが多大であったことが報じられました。そして、戦争で死んだ人を祀《まつ》るのが、学校のお隣の靖国神社であることもわかりました。

十二月八日に真珠湾の大勝利があり、その後にマレー半島にも上陸し、自転車の銀輪《ぎんりん》部隊が敵を破って南下し、ここでも連戦連勝の大本営発表がありました。私はその都度地図をひろげて、場所を確かめました。あの西太平洋は嘘《うそ》だった、ハワイは太平洋の真ん中じゃないか、アメリカからは西だが、日本からは東じゃないか、なんで天皇陛下の大本営は嘘をつくんだと思ったからでした。
「西太平洋」という地図にありもしない名称を本や辞書で探すのが徒労に終わった私は、「大本営は嘘をつく」という、今から考えれば極めて単純な少年の不信感を、開戦の初日から抱いてしまいましたが、両親や先生達や友達には話しませんでした。

ただ学校の中の白い壁に、陸軍幼年学校や海軍兵学校をはじめ、やがては予科練とか特幹（特別幹部候補生）などのポスターが数を増していくのを見て、なんであんな学校へ皆行こうとするんだろう、死にに行くだけじゃないかと思ったのを覚えています。

出征兵士と母親

小学生の頃、自転車の部品製造の町工場がわが家の稼業でしたが、働いていた一人の職工さんが、徴兵されて軍隊へ行きました。

しばらくして、休暇でわが家を訪ねて来たのですが、その顔を見て、小学二年生だった私は思わず母の背中に隠れました。

左の眼が腫《は》れ上がって、紫色になっていたのでした。四谷怪談のお岩さんのようでした。

どうしたのその眼。痛いでしょと母が聞くと、

「うーん、痛い。軍隊てとこは、理由もなしに、むやみに殴《なぐ》るんだよ」

「悪いことしたの」

「いや、朝早く起こされて整列した時、同じ班の一人が、手が滑《すべ》ったらしくて、持っていた鉄砲が地面に倒れたんだ。そうしたら班全員がたるんどる、恐れ多くも天皇陛下から賜《たまわ》った銃を、地面に倒すとは何事かって、新兵ばかりだった俺達の班五人全員が殴り倒されたんだ。連帯責任とかで」

「レンタイ、ナニ？」

「一緒に働いている人全部が悪いってことだよ」

母が言葉を補いましたが、以来気が小さかった私は軍隊はわけもなしに、むやみに殴られる恐しい所だという印象を強く持ってしまいました。余計に軍関係の学校を志願する人の気が知れなかったのです。

中学校以上の学校には、敗戦の日まで、配属将校という名の軍人が一人いて、週に二時間ぐらい、教練《きょうれん》といって、軍人になるための教育をして、敬礼の仕方から鉄砲の撃ち方までを教える授業がありました。ある日、その配属将校と一年生の私は廊下でばったり出会いましたので、教わっていた通りに、廊下の隅《すみ》に寄って、型通りの敬礼をしました。するとなぜか私の名前を知っていて、突然質問してきました。

「お前はどこの学校を志望するのだ」

「は、あの、僕は生まれつき体力がないのと、小学校時代からメガネを掛《か》けているので、たぶん軍関係の学校の試験を受けても、落第すると思うので、どこかの高等学校の文科へ行こうと考えています」

と答えると、大喝一声して怒鳴りました。

「この非国民めっ。しっかりしろっ」

非国民というのは、昭和になってからの最低の軽蔑の言葉でした。

大本営発表は常に日本大勝利なのに、二十歳になると文科系の学生さんは学問を捨てさせられて兵隊になることが決まりました。私のたった一人の兄清太郎

（清順・映画監督）も、昭和十八年十月の第一回学徒出陣となり、神宮競技場で雨の中を行進し、東条英機首相の発声に合わせて、万歳を三唱させられ、それからすぐ小学校時代の同級生三人と一緒に、町内中の人の歓呼と日の丸の小旗に送られて出征しました。

その日の真夜中、私は小さな音に目をさましました。そーっと起き出してみると、音は台所の方から聞こえてきました。忍び足で近づいてそっとのぞき、目をこらして見ると、母が板の間の上で、崩れ落ちるような姿勢でうずくまり、悲しそうな声を出してすすり泣いていました。私は生まれてから母が亡くなるまで、気丈な明治生まれの母の泣き声を耳にしたのは、この時だけでした。昼間は笑顔で皆さんにお見送りありがとうございますと言っていたのにです。当時の女性の多くは、軍国の母と呼ばれていましたが、その姿は国家から強要されていたのです。

本当の母親は深夜にひとりすすり泣いて、わが子との訣別《けつべつ》を嘆き悲しんでいたのです。

お国のためになんか、死んでやるもんか

私が中学四年の時、五年制だった中学が四年に短縮され、徴兵年齢も一歳引き下げられて十九歳となり、いよいよ戦争の愚かな波が私にも押し寄せてきていました。

たった一つの救いは、高等学校文科の入学試験から、数学が削除されたことで、これを聞いた時は、万歳三唱どころか、ひとりでバンザイを三十唱も四十唱もしていました。

ところが、勤労動員と称して、学校へは行けなくなってしまいました。授業は月に一回か二回の登校日だけで、英語は敵性語であるという単純極まりない理由で一切中止。そして、兵器の生産のために、毎日軍需工場に通わされることにな

りました。

大本営は相変わらず日本陸海軍の大勝利を報じ、中でも海戦での轟沈《ごうちん》（軍艦が攻撃により短時間で沈むこと）という新しい言葉には、体がふるえる思いがしました。一方で、私の心の片隅には、あの「西太平洋」がいつも引っかかっていました。なぜかというと、軍需工場に毎日通って来ているのに、仕事がさっぱりないのです。たまにあっても、朝一時間もやると、材料切れになるのでした。東京のはずれの板橋という所の草むらの中に建っている藤倉なんとかという塗料製造工場でした。

仕方がないので、倉庫に積んであった木箱を積み替えて小さな部屋を作り、ここを隠れ家にして、ほとんど一日中本を読んでいました。時折勤務中なのに、工員さんもタバコを吸いにここにやって来ました。どの人の話も「いつ赤紙（召集令状）が来るか、ビクビクだよ」でした。昨日まで工場に来てたのに、今日は来なくなってしまった人もいました。

ある日、私はその隠れ部屋で、濃い茶色の厚い表紙の明治大帝という題の本を読んでいました。その中に教育勅語がありました。

小学校では、二月十一日の紀元節、四月二十九日の天長節、十一月三日の明治節には式があって、全校生が講堂に集められました。式が始まると間もなく、校長先生が壇の上の大きな机を前にして立ち、教頭先生が白い手袋をして、大きな黒いお盆に一枚の紙を載せて、頭の上に捧げるようにして持って出てきました。そして、校長先生が厳《おごそ》かに読みます。

「朕惟《ちんおも》ウニ、我《わ》カ皇祖《こうそ》皇宗《こうそう》国《くに》ヲ肇《はじ》ムルコト宏遠《こうえん》ニ、徳《とく》ヲ樹《た》ツルコト深厚《しんこう》ナリ。我カ臣民《しんみん》……」

どういう意味だかさっぱりわかりませんでしたが、最後の「御名御璽《ぎょめいぎょじ》」が終わりの合図だということだけは、一年生から六年生まで全員がわかっていて、一斉に頭を上げ、盛大な音をたてて鼻水をすすり上げました。

式で勅語の奉読があったのは小学校だけで、中学へ行くと、もうありませんでした。聞くところによると、軍隊ではあったそうです。小学校といい軍隊といい、そこにある単純な基礎道徳は「従順」です。批評や反抗は全く無く、絶対服従のみでした。

しかし、久しぶりに触れた中学四年の私は、おやっと思い、ひとり考え込みました。

我カ臣民のあとには、夫婦相和シとか朋友相信シなど、いつの時代でも社会でも、人間が当然身につけて守らなければならない道徳律が並べられています。明治天皇の教育掛かりであった熊本出身の元田《もとだ》永孚《ながざね》が、当時の優れた儒学者であり、天皇も深く敬愛していた人物であったせいかもしれません。

ところが、私がふと心に引っかかったのは

「一旦緩急《いったんかんきゅう》アレハ、義勇公《ぎゆうこう》ニ奉《ほう》シ、以《もっ》テ天壌無窮《てんじょうむきゅう》ノ皇運《こううん》ヲ扶翼《ふよく》スヘシ」

の部分でした。「一旦緩急アレハ」（もし戦争のような大事が起こればという意味）で、これはおかしいと思ったのです。

全体は文語体なのですから、「緩急アレハ（あれば）」ではなく、「緩急アラハ」でなくてはいけないのではないかと一瞬引っかかったのです。ちょっとした疑問を感じながら次を読むと、もっとおかしいことに気づきました。

つまり、様々な徳を身につけることを、勅語で言われた通り身につけたならば、「（これらの徳をもって）世界人類社会ノ進歩ト幸福ニ寄与スヘシ（あるいは貢献すべし）」

というような心の優しい文章が続くはずではと思ったのです。それなのに直後には「もし戦争にでもなったら、お国のために働き、万世一系の天皇と皇室を守れ」と命令しているのです。これはおかしいなあと感じたのです。

次の登校日に学校へ行き、私は恐る恐る先生に近づいて聞きました。

「質問していいですか。教育勅語のことなんですけど、中に一旦緩急アレハと書いてありますが、文語体ですから、アラハではないでしょうか。それといろいろな道徳を身につけなくてはならないのはわかるのですが、そのまとめに、一旦緩急アレハ義勇公ニ奉シ、以《もっ》テ天壌無窮《てんじょうむきゅう》ノ皇運《こううん》ヲ扶翼《ふよく》スヘシというのは、何のために道徳を学び取らなくてはならないのかわかりません。まるで天皇陛下を神様と仰ぐ宗教みたいです」

すると先生は、突然机の上に置いてあったベニヤ板を黒い布で覆《おお》った表紙の大きな出席簿を取り上げると、大上段に振りかぶり、

「天皇陛下のおっしゃることに、間違いはないっ、非国民っ」

と、大喝一声して、力一杯私の脳天目がけて出席簿を振り下ろしました。

私は生まれつきおとなしくて、友達と喧嘩や言い争いをしたことは一度もなく、父や母から叱られた覚えもありません。ましてや殴られるなど思いもよらない。ガーンという音と共に、目から星がぴょんぴょんと飛び出しました。あれはマンガだけのことと思っていましたが、本当に飛び出ました。頭の中が真っ暗けになり、よろよろとよろめき、辛うじて机にしがみついて、倒れずにすみました。

教室を足早やに出て行く先生の後ろ姿が、霞《かす》んで見えました。

「天皇陛下やお国のためになんか、死んでやるもんか」

十五歳の少年であった私の心の奥深くから、いとも単純に湧きあがった思いでした。


戦後大食糧難になり、米よこせデモが全国で連日のように起こった頃、東京でのデモのプラカードに、

「朕《ちん》ハタラ腹食ッテイル。汝臣民飢エテ死ネ」

という言葉があり、これがなんと不敬罪に問われたのです。皆が平等であるはずの民主主義社会に変わったのに、まだ不敬罪が存続していたのかと、びっくりした事件でした。

明治四十三年に、三十人近い左翼思想と疑われた人が捕らえられ、僅か一か月の簡単な取調べと弁護人と被告人本人の弁明無しの一週間の裁判で判決が言い渡

され、十二名が一日のうちに絞首刑となり、唯一人の女性がその翌日に処刑されるという大逆事件《たいぎゃく》がありました。私が資料を六十歳過ぎてから読んだ限りでは、完全に無罪である感じがしました。

この絞首刑になった人達のリーダー格と見なされたのが、幸徳秋水《こうとくしゅうすい》という土佐出身の人でした。ところが彼が教育勅語が発布されて間もなくの頃、これは教育ではなく、国民をして天皇を神としてあがめ奉《たてまつ》る宗教であると主張した記事を、当時の大新聞で、内村鑑三《うちむらかんぞう》達がロシアとの非戦論を堂々と掲載したこともある「萬朝報《よろずちょうほう》」という新聞に書いていたのも後で知りました。

こうした天皇を中心とした極端に右寄りの神権思想にがっちりと裏打ちされた国家権力に包み込まれた時代が、明治大正そして昭和の敗戦までにあった事実を、現代の皆さんは知っておいてください。

敗戦にもかかわらず、一人の天皇が在位したために昭和は続きましたが、敗戦の日昭和二十年八月十五日を境に、明らかに昭和は二つの時代でした。

戦争を風化させないために

私は自分が死ぬ前にどうしても書き残しておこうと決心していることがあります。それはあの東京大空襲のことです。

敗戦後七十年以上もたつと、戦争を知らない世代の人々が増加し、その反面、日本中にあった無差別爆撃、広島長崎の原子爆弾投下、沖縄の凄惨な戦い、シベリア抑留の悲惨な死、核廃絶運動、超飢餓状況、大陸からの苦難の引揚げ……こうしたことが、歳月が流れるうちに少しずつ日本人の記憶から削り取られ、風化という名のもとで消えようとしています。

いま国会で行われている、憲法改正論議や自衛隊の派遣問題などの不毛な話し合いを見ていると、戦争を直接体験した穴呂愚人達は、国会に出かけて行って、戦争の恐ろしさを全議員に聞かせてやりたい衝動にきっとかられていることでしょう。

二言目《ふたことめ》には、「国民の幸福と安全を守るために」と言っていますが、大東亜戦争でも、世界史の中に書かれているいかなる戦争も、軍隊が国民の安全や幸福な生活を守った例は全くと言ってよいほどないのです。むしろ国民の安全と幸福を無視し、押し潰してしまったことの方が大部分なのです。西欧には「軍隊とは殺人集団である」という定義があるとも聞いています。戦争とは誰が助かって、誰が誰を助けたかなどは全くなく、不幸を招き、あらゆるマイナスが集結する以外の何ものでもないのです。

戦争に関する事柄だけではなく、平成になって起こった阪神淡路大震災や東日本大震災も、早くも風化の声が高くなってきています。人間にとって悲しいのは、記憶するよりも、忘れることのほうが遥かに早い習性です。

なぜ風化現象は起こるのでしょうか。その第一の原因は、地震や津浪《つなみ》、戦場の銃撃戦などを考えると、人間が心理的に最も陥りたくない「恐怖」が襲って来るからです。

喜怒哀楽は言葉や文章で表現できますが、恐怖は人に伝えることが不可能に近い心理状態なのです。ＮＨＫは東日本での地震や津浪の体験者に、あの時どうしたと語ってもらった番組を頻繁に放送して、後々の世代の人達に東日本大震災を伝えようと努力をしています。今後も続けるべきです、もちろん民放さんも新聞もです。

ところが、津浪が来たので、どこをどう逃げたという話はどなたもなさるのですが、逃げながら全身で感じていたはずの「恐怖」は誰も語らないというより、語る言葉が見つからないようです。現象だけを話さざるを得ないので、どなたの話もだんだん似てきて、迫力や説得力が欠けてきてしまうのです。

同じことが、空襲にも原爆にも自然災害と共通して起こります。聞いている人は、また同じような話かと、話の先がわかってしまうのです。つまり、風化は社会の歴史的現象になる以前に、個人という当事者の心の中から始まってしまうのです。

もちろん、これから体験者として私が書く昭和二十年三月十日夜、わずか三時間のうちに、十万人が焼死体となった東京大空襲の話も、どこまで伝わるかわかりません。これは世界の戦争史上でも特筆されるべき、アメリカのB29爆撃機の大編隊による無差別爆撃で、私が猛火烈風の中で、「死」と隣り合わせになりながらも奇跡的に生き延びた時の恐怖を、私があの時感じたのと同程度にお伝えするのは、文才の無さも手伝って、とても不可能とは思います。

しかし、絶滅危惧種または消滅確定者として、精一杯の能力をふり絞って、書き連ねることによって、戦争の風化を一秒でも先に伸ばそうとたくらんでいます。機会があれば、同じ言葉を何度でも繰り返し書いて伝えたいと決心しています。

これは体験談ではなく、皆さんへの遺言のつもりです。

東京大空襲は焦熱地獄

グワンガガグワーン。

突然体が押し潰されそうな轟音が鳴り響き、家中の障子や襖《ふすま》やガラス戸が一斉に激しくふるえ、父も母も私も防空頭巾《ずきん》の上から、あまりの恐ろしさに反射的に頭を抱えました。そして、次の瞬間私は玄関を開けて、外に飛び出しました。するとまたもや上の方から、
グワンガガグワーン。

轟音《ごうおん》が、まるで蓋《ふた》をするかのように、覆いかぶさって来ました。

「あっ、B29だ」

私が思わず叫んだ時、巨大なB29の機体が、なぜかこうこうと光って、南の方

から空いっぱいに、その翼をひろげて押し寄せて来ました。

「あ、操縦士！」

確かに私は赤い顔をして、私を見ながら、ニヤリと笑って突っ込んで来る操縦士の姿が見えた気がしたのです。「殺される！」と感じました。玄関の柱に背中をくっつけて立ちました。B29は見上げる空の全部にひろがる大きさで、北の方へ飛び去りました。

なんであんなに下から見上げたB29の巨大な機体は、ぴかぴか光っていたんだろうと、私はそーっと歩いて、家の横の狭い路地から東の方を見てびっくりしました。

火事なのです。すでに壁のように横に火が烈《はげ》しく燃え広がって大火事になっていたのでした。あの火の明かりがB29の腹に当たって光っていたんだと、とっさに思い、同時に家の中に走り込みました。

「B29だった。逃げよう。もう二丁目の方は大火事だよっ」

父も母も水筒を肩に掛け、父はリュックサックを、母は大きな風呂敷に包んだものを背負っていました。母は心臓を少し病んでいました。外へは出たものの猛烈な風で、一人では立っていられず、父は母の右腕を、私は左腕を抱え、お互いを支えあってやっと立っていました。防火用に道の端に積んであったバケツが、ガランゴロンと道路を転がり、なぜか畳《たたみ》が空中を飛ばされて行くのが見えました。真夜中なのに薄明るいのです。

「どこへ逃げる？　被服廠《ひふくしょう》？」

右へ行って交番の角を左に曲がると、二つ目には市電の線路があり、その向こうに震災記念堂が建っていました。昔は海軍の軍服を作っていた工場があったのですが、よそへ移り、原っぱになっていた土地に、大正十二年（一九二三）九月一日の関東大震災で大勢の人がここへ逃げこみ、無残にも大量に焼死し、その弔意として東京市が震災記念堂を建てたのです。父の伯母も犠牲者の一人でした。

この界隈《かいわい》の人は皆ここを軍服工場の名残《なごり》で「ひふくしょう」と呼んでいました。

「被服廠は駄目だ。震災で大勢死んだ」

「じゃあ、とにかく隅田川へ出よう。ヤッチャ場（青果市場）を通ろう」

ごうごうと風が鳴り、左へ行こうとする三人の背中を突き飛ばすように押しました。一歩を踏みしめるのに力が必要でした。家の前の道路を斜めに横切り、最初の角を曲ろうとした時、前後左右でカランコロン、カランコロンと音がし始めました。

見ると、五〇センチぐらいの長さで、幅が三センチ程の金属らしい棒でしたが、両端から火を吹き出していました。それがアスファルトの地面の上を、音をたてて弾むと、次にはころころと横になって転がって行くのでした。それが周囲に無数に落ちて来ていたのです。

「焼夷弾《しょういだん》……かも」

と、父が言いました。直撃を受けたら即死ですし、火が衣服や防空頭巾に燃え移ったら、たちまち火だるまになってしまいそうでした。体が小刻みにがたがたふるえ始めました。抱いている腕を通して、母がひどくふるえているのも伝わってきました。

「大丈夫かい。あたしはどうでもいいよ」

母がか細い声をふるわせて言いました。もう右側の家々は燃え上がり、炎が天に達したかと思うようで、あたりは真昼さながらに明るくなりました。急いで父と交代し、私が母の右腕を、父が左腕を抱えました。まだ火がついていない左側の家並みいっぱいに寄って歩きました。走ろうにも風圧に押されて、体が思うように動かないのです。母の呼吸が荒くなってきました。

「ギャオーッ」

突然大きな聞いたこともない悲鳴を上げて、右側の火の中から、人が飛び出して来ました。火がついて、全身が燃え上がっていました。

私達は棒立ちになりました。男なのか女なのか、大人か子供か見分けがつかない、ただ人間であることだけがわかるその火の塊《かたま》りは、ぼんぼんと音をたてて、その人を焼いていました。私達三人は唇をふるわせ、歯をがたがた鳴らし、膝をがくがくふるわせて、立ちすくんでその人を見つめました。

その人は倒れて、精一杯手足をふるわせて、地面を転がり廻りました。二度程両耳をつんざくようなギャーッという叫び声を上げましたが、そのまま動かなくなりました。火だけが全身を包んでいつまでも燃え盛り、灰色の煙が道路を這って行きました。「死」でした。

母は道に座り込み、両手で顔を覆いました。ううう、うううと唸りながら、激しくふるえました。父はしゃがんで、うつむいたまま合掌していました。私は自分でもわけのわからないことをつぶやきながら、母の背中に顔を伏せたりしましたが、今自分がどこにいるのかさえわからなくなっていました。

はっと気がついたのは、あのカランコロンの音が再び身の廻りで起こり始めたからです。新しく焼夷弾がばら撒《ま》かれたのです。直撃されたら即死です。棒が両端から火焔を上げて、地面を三段跳びのように弾み、あるいは転げ廻っていました。

「行こう、ここは危ない」

母を抱き起こしました。母の右腕を私の首に廻し、左手で腰のあたりを支えました。父も母の左腕を自分の首に廻しました。小さな四つ角を一つ過ぎれば電車道で、突き当たりは本所（現・墨田）区役所でした。そのあたりはまだ夜の闇しか見えませんでした。母は全身から力が脱けてしまったようで、父と私が立ったままの母を引きずっている感じで歩きました。右側の家々から燃え上がった火は、まるで壁のように横につながって天を焦し、時折ごーっと押し潰すような暴風が吹いて来ると、火は一八〇度方向を変えて、滝のような形で、どっと下へ向って吹き下ろして来ました。

「あついーーっ、たすけてーーっ」

突然、信じられないことが起こりました。火の壁の中から、かすれた叫び声を精一杯張り上げた若い女性が飛び出してきたのです。すでに衣服には足の方から上へと火がついて燃え上がっているのです。

「こっちへ来なさいっ」

この風と火が荒れ狂う中で私に何ができるのでしょうか。でも私はそう叫びました。ところが、返って来たのは、

「ぎゃあーーーーっ」

というあれが人間の断末魔の全身で絞り出した声だったのでしょうか。ごおーっと絶え間なく轟《とどろ》く烈風の音を突き抜けて、この世のものとは思えぬ声が私の耳に届いた次の瞬間、その人は燃えさかる火の中へ飛び込んで行ってしまったのです。

「………み……ず………」

母は小さくつぶやくと、膝を折って道にへたり込んでしまいました。

あまりにも恐しく、この世で人間が見る光景ではありませんでした。

怒りと恐怖と絶望

ほんの一瞬のうちに、想像を遥かに超えた、人間社会のあるべき姿を完全に粉砕してしまう事実が、次々に眼の前で連続して発生したのです。それが体内を一つの感情で充満させ、頭蓋骨の中を空白にし、全身を激しくふるえさせ、時には硬直させるのです。

これを、「恐怖」と呼ぶと言ったらいいのでしょうか。

こうして書いている私が、話がどんどん物語になって、「恐怖」そのものから次第に遠ざかって行く自分にいらいらしています。この瞬間瞬間は言わば不連続線ですから、戦争も爆撃も原爆も地震も土砂崩れも津浪も、本当の状況を語り得ないままに、時が過ぎてしまうのです。それが風化です。

ましてや戦争でその瞬間を体験した人がすべて八十代半ばを越せば、残された写真やフィルム、記録文書は追憶談の材料にはなっても、恐怖そのものは遠くなり、やがて歴史のほんの一ページに事実の一部分が書き留められるだけになっていくのです。

もう少し私なりの「恐怖」の瞬間を話し続けておきますことをお許し下さい。やっと電車道に出ました。そこは煙も火もなくて、空気が闇の中に澄んでいました。車道から一段高くなっている人道の段差に父母と私の三人は腰を下ろしました。家から直線距離にすれば一〇〇メートル程なのに、もう何十キロも歩いて来た感じで、疲れがどっと出ました。

「とにかくヤッチャ場に行こう。あそこの建物は全部鉄筋でコンクリのはずだから」

父の指示でまた立ち上がり、母を抱えるようにして、二〇メートル程先のヤッチャ場の入口に辿り着いて、思わず立ちすくみました。

ヤッチャ場は各地から野菜が運び込まれ、毎朝威勢のいい市《いち》が立つ所ですが、その野菜を運ぶ木の箱の山が、たぶん烈風で押し倒され、さらに四方を高さ二メートルぐらいのコンクリートの塀で囲まれていたので、その中を、風が猛烈な勢いで廻っているらしく、無数の木箱が木の葉のように宙に舞って、ヤッチャ場の中を、ガランゴロンと大きな音をたてて飛び廻っていたのです。とても人が入れる所ではありませんでした。

どうするのと母が心細げに聞きました。私はふと気がつきました。

毎日登下校で家と両国駅を往復する度に、ヤッチャ場の前を通るのですが、道に沿って立っているコンクリート塀の内側に、駅へ上がって行く幅の狭い石の階段があるのを思い出したのです。見ると、駅のホームには、誰もいない感じがしました。とにかく煙や火の粉あるいは焼夷弾が落ちて来ても大丈夫な場所で、母をせめて息が普通に戻るまで休ませてやりたい思いでいっぱいでした。この地獄の荒々しい光景は、「母」という人間世界で最も優しい存在とは、ひどく相容れない不協和音であることをずっと感じていました。火によって死んだあの二人と同様に、生きている母も哀れでした。

小さな石段を一段一段、手さぐりで這うようにして上り、線路の上に出て、さらに石段を上ってホームに出ました。見廻すと、国技館のある南の方からわが家がある東、さらに北の浅草も西の日本橋も、火また火でした。高い場所であるホームに、立っているのがやっとの強風が、すべての方向から、ごーっと音をたてて押し寄せ、薄い灰色をした煙が這い上がって来ました。私達は止めてあった客車に入りました。母を座席に座らせ、私は自分の外套《がいとう》を脱いで母の足に掛け、少し寝るといいよと言いました。母はうなずいて、眼を閉じました。父も座席に腰を下ろし、窓の外を見つめました。

助かったんだ、死なずに、いや、殺されずにすんだと思うと、急に全身から力が抜けたように私は感じました。生きているという平凡な事実が、かけがえのない値打ちを持っていたんだと思うと、それまであった教育勅語事件——私にとっては生まれて初めての大事件でしたが——あれ以来の厭戦《えんせん》が、大きく反戦に向きを変えて行く気がしました。

一体誰が何のためにこんな恐ろしいことを始めたんだという、怒りと恐怖と絶望を出発点とした反戦でした。

焼け野ヶ原

ホームの端に立って、四方を見渡しました。真上の空は黒い闇でしたが、わが家がある東も、背後の隅田川を越えた日本橋方面も、火の壁は幾分低くなった感じでしたが、遠く取り巻いた橙《だいだい》色の火の円形の帯の底から、薄青い灰色をした煙が、霞のように湧き上がり、地鳴りにも似た音とともに押し寄せて来ていました。その物が焦げた臭いがする雲のような煙の上端を見ようと、顔を暗黒の空の中心に向けた時、小さな白い点が、右から左へとゆっくり動いて行くのに気がつきました。

Ｂ29でした。まだ遥か上空にいたのです。私から見えるくらいですから、両国駅の広い構内は、Ｂ29にとっては十分な爆撃目標になるはずです。

ここは危ないんだ。そう気がついた私は駆け足で客車内で休んでいる両親の所へ行って、怒鳴るように言いました。

「まだB29が空にいる。ここは危険だ。逃げよう、下へ、急いで」

しかし、父は言いました。

「このホームの上まで煙が来てるくらいだから、下はもう息もできないくらい煙でいっぱいだろう」

母は身じろぎもせずにつぶやきました。

「もうくたびれたよ。ここでいいよ。爆弾が落ちて来たら来たで、仕方がないじゃないか。運が悪かったんだよ」

「冗談じゃないよ。粉々になって死んじゃうんだよ。さっき見たろ、死んで行く人。二人も」

母は掛けられていた私の外套を引っ張って顔を隠すと、可哀想だったねえ、熱かったろうねえ、助けてやりたかった、でもねえと言いながら、鼻をすり上げました。

私は客車を出て、階段の所まで走って、下をのぞきました。父が言った通り、いつも通る改札口は見えず、煙は階段の中央附近まで這い上がるようにして充満していました。

「駄目だ。やっぱり下は煙でいっぱいだった」

「大丈夫だ。ホームでは横に散るさ」

「ここを出るとしたら、さっきの小さい階段を一つ一つ下りるしかないよ。いま何時」

父がかすかな光を頼りに、腕時計を見て、

「四時ちょっとだ」

「ふーん、家からここまで二時間近くかかったんだ、あの火と風の中を。いつも僕は七時の時報で家を出て、七時六分に駅へ着いて、八分の電車に乗って学校へ行くのにね」

「もうBは行っちゃったかねえ」

母が外套に顔を埋めたまま聞きました。

「あんな夜中から始めたんだからね。明るくなる頃には、いなくなるよ。ちょっと明るくなったら、家の様子見て来るよ」

「焼けてないといいねえ」

母のつぶやきに、父も私も答えませんでした。家を出る時、まだ火の手は上がっていませんでしたが、あちこちの長屋の軒先などから、ちょろちょろと火が出ていて、わが家の二階の奥の部屋の窓の外の小さな庇《ひさし》からも、火の手が上がっていたのでした。

不意に眠気がさして来て、椅子に腰掛けた私は眼を閉じました。父も座って、眼を閉じました。それから僅か数分間寝て、私はふっと目をさましました。

外がかすかに明るくなり、目をこらすと、ホームの柱に書かれていた「りょうごく」という駅名が読みとれました。父の肩を軽く叩いて起こすと、

「少し明るくなって来たし、煙も風に飛ばされてだいぶなくなっているから、家の様子を見て来る。ここに居てね。すぐ戻って来る。家までは行けないかもしれないけど」

「気をつけてな」

父の声を後に、私は客車を出てホームを走り、あの小さな石段を一段ずつ用心深く下りて、ヤッチャ場に出ました。

まだ薄暗いのでよくは見えませんでしたが、あの山のように積まれた木箱は、全部燃えてしまったのでしょうか全くなく、ヤッチャ場の広場一面は、焼かれた板切れで敷きつめられ、所々でちょろちょろと小さな焔を上げ、隅田川寄りの奥の方では、まだ積み上げた箱が燃えているのでしょうか、かなり高く火の手が上がっていました。ここからホームへ逃げておいてよかったと思いました。

しかし、塀を廻って、一歩電車通りへ出た時、私は凝然《ぎょうぜん》とたたずみ、体を硬直させました。何かが道に転がっていたのです。跨《また》ごうとして片足を上げた途端、それが人であること、焼死体であること、まるで焼け木杭《ぼっくい》のような色に全身を焼き尽くされた人間の体であることが、瞬間にわかりました。

ここへ逃げ込む途中で出会ったあの二人も、いま目の前で転がっている男とも女とも、もちろん年齢もわからない人同様、一本の焼け焦げた丸太ン棒のようになってしまっているかもしれません。

それは私が最初に出会った戦争の犠牲者でした。人間にはあるまじき惨めな姿でした。もはや「人」の形ではありませんでした。いや、「人」ではなく、「戦争」そのものでした。

慰霊塔

　さらにその三メートル程先の、地面を這う薄紫色の煙の下に、もう一人、誰かがうつ伏せになって、やはり棒のような形で倒れているのが見えました。私は頭の中が完全に空っぽになり、自分がどこにいるのかさえわからなくなっていましたが、そっと近づいてその人をのぞき込みました。

　うつ伏せなので、男女の区別はわかりませんでしたが、後頭部も焼けて、背中は丸出しで、赤黒く焼けただれていました。腰から足までは、クリーム色をしていました。

　ううっ。何も食べていないのに、私は吐きそうになって、口を押さえました。足がガクガクふるえました。戦争は人間を人間の形にしておかないのです。異様な生物の死体に突然変異させてしまうのです。あるのは「死」だけでした。「恐怖」が全身を襲い、私はふるえながらしゃがみ込み、電車道を這って横断しました。

やっと立ち上がったところは、割下水《わりげすい》といって、このあたりでは古くからある最も幅の広い道路で、朝早くにはヤッチャ場へ野菜を運ぶ馬車やトラックが走っていたのですが、昼間はローラースケートの上手な子がここで滑っていました。しかし、割下水へ一歩入ったところで、私の足は止まりました。まだ薄暗い煤煙の中ではありましたが、道の片側にたった今見たばかりの死体と同じ形の棒のようなものが、道に幾つも転がっていたのです。

私は逃げるようにして道を横断しました。一つ目の角のところに一メートル四方、深さが八〇センチぐらいのコンクリート製の防火水槽がありました。その頃、空襲に備えて、町内の所々に置かれていたのですが、その水槽の中に、鉄兜《てつかぶと》を被った人が座り込んでいたのです。私はびっくりして、思わずもう出ても大丈夫みたいですよと声をかけました。その時手が鉄兜に触れたのでしょうか、鉄兜がごろんと前に落ちました。

その顔を見て、私はあまりの恐ろしさに気が遠くなり、尻餅をついて後ろに倒れてしまいました。顔の半分が骸骨のように骨がむき出しになっていて、眼がだらりと両方とも飛び出し、頬までぶら下っていたのです。おそらく火に追われ、あまりの熱さに水槽に飛び込み、じっと座っているうちに煙で窒息死し、水の上に出ていた顔に、烈風で吹き下ろして来た猛火が襲い、見るも無残な最期を遂げさせられてしまったのではないでしょうか。

これが戦争なんだと自分に言い聞かせながら歩き続けましたが、家までの僅かな距離の間に、何人もの黒焦げ死体を見た私は、恐ろしさは消し飛んで、不感症になってきました。

わが家は跡かたもなく、すべて灰になっていました。私は生まれ故郷を戦争によって奪われたのです。

少し陽が昇ったのでしょうか、あたりがほんのりと明るくなりました。あらためて四方を眺めると、見渡す限りの焼け野ヶ原でした。人影は全くありませんでした。異様な臭いと煙が下町を、私の生まれ故郷の上を低く這っていました。私はわが家があった土地にたたずみました。

「これがあの大本営発表の大勝利の証明なのか。たとえ勝ったにしても、この戦争が完全に終わるまでには、百年の歳月を必要とするだろう」

この時、十七歳二か月の私の胸に走ったこの感慨は、あれから七十年以上たった今も変わることはありません。

この空襲で私は小学校時代の幼馴染みの多くを失いました。

墨田区となった今、西側には六三四メートルのスカイツリーが建ち、同じ区の西の隅田川寄りに、あの夜に焼死体や溺死体と化した十万人の霊が祀られる東京都慰霊堂があります。そこで提案ですが、この二つの間に無料のシャトルバスを走らせてはどうでしょうか。

スカイツリーを見た後に、慰霊堂へ行くことで、戦争と平和について、何かを感じる場所となるのではないでしょうか。

わが心のふるさと津軽

十代で自分を発見し、二十代で自分に夢中になり、三十代で妻や夫を愛し、四十代で家族を育て、五十歳を人生の頂上とするが最良。七十五歳までは働くが、六十歳からの人生は誰かのために生きる。これが私の五十代半ば頃の信条でした。九十年の人生を振り返ってみると、この十代で自分の生き方を発見したことが、いかにその後の人生で大きな役割を果たすことかと実感しています。

わが大君に　召されたる
命栄《は》えある　朝ぼらけ
讃えて送る　一億の

歓呼は高く　天を衝く
いざ　征《ゆ》け　つわもの
日本男児《にっぽんだんじ》

昭和二十年三月九日午後五時。学校へは行かれず、学徒勤労動員と称して工場に通わされ、軍需品の生産に従事していた数え年十七歳の私は大声でこれを歌っていました。毎日の終業後、食堂といっても米一粒なかった部屋に集められ、必ず斉唱させられた軍歌の一つです。

天皇制軍国主義国家体制丸出しの歌でしたが、天皇陛下の御為《おんため》、国の為に死ぬことが、日本人最高の名誉であることを、小国民と呼ばれた小学生時代から叩き込まれ、全く疑いを持たなかった私達は、真面目に大声を張り上げて歌いました。そこにあったのは、「国家」でした。それはあらゆる権力の塊りでした。

そうした中の一夜、アメリカのB29爆撃機の大編隊による無差別爆撃、前述のいわゆる東京大空襲があったのです。

隅田川両岸にひろがる私の生まれ故郷東京の下町は、わずか三時間のうちに、見渡す限りの焼け野ヶ原と化しました。十万もの人が、人間の死に方とは思えない無残な焼死体となりました。あるいは隅田川や学校のプールに、なぜかお腹をふくらませるだけふくらませて、虚空を摑《つか》んで浮いていました。

「国と軍隊は、常に国民の生命と安全と財産と幸福を守るために存在する」などと叩き込まれていた言葉は全くの大嘘で、朝になっても、一人の兵隊の姿も見えず、三月の寒空の下を、罹災者は一箇の乾パンも一滴の水も無しに、焼け残ったらしい山の手の方へ向かって、のろのろと歩いていました。少しでも休ませてくれそうな家がどこかにあるらしいというかすかな噂を頼りにして。

数日後の中学の卒業式にはもちろん出席できず、卒業証書は受け取れませんでした。小学校卒業証書は灰になりこれも残っていません。すべて戦争のせいです。

それから半月あまり、我々親子三人はなんとか生き延びました。

私は青森県にある弘前高等学校（旧制）に合格していました。空襲で全国のほとんどの大学や高校が休校状態だったのに、弘前は授業を続けていたので、卒業証書はなくても生きていることを、四月一日からは新学期が始まるかもしれない高等学校に知らせようと思いました。ところが電話はないし、郵便で知らせたくても、便箋も封筒も切手もなく、だいいち投函するポストは焼け、たとえ投函しても、弘前へ到着するかどうか、保証の限りではありません。

それなら、途中で敵機グラマンによる機銃掃射を受けるかもしれないが、決死の覚悟で行ってみようと、上野駅公園口前の道路に、切符を買うのに一晩、乗るのにまた一晩、まだ冬の寒さの中で徹夜して並びました。

超満員の奥羽《おうう》本線に窓から乗って十八時間、やっと弘前に着き、学生自治寮「北溟寮《ほくめいりよう》」の一室に入れてもらいました。

最上級の三年生は二年前からの学徒動員で出征していておらず、そこで一年生の生活指導のために、宮城県の多賀城の工場へ勤労動員されていた二年生の中の数名が帰寮し、最初に教えてくれたのが寮歌でした。楽器も楽譜もありません。よく言えばアカペラ、わかり易く言えば、すべて口移しで、先輩のあとに続いて、精一杯のドラ声を張り上げて覚えていきました。

霞の影に　萌え出でし
青柳　髪を　梳《くしけず》り
萬朶《ばんだ》の櫻　こぼれては
夢に溶け行く　浅翠《あさみどり》
慕《した》へど　あはれ　逝く春を
誰かは　永久《とわ》に　留め得ん

前記の三月九日に歌った軍歌と、わずか二十日後の、東京大空襲十万人の無残な死を挟んだ四月一日の寮歌を比べてみてください。同じ戦争の最中であるのに天と地の違いでした。

前者は権力によって歌わせられ、後者は「私個人」が歌ったと感じたのです。歌わせられたのと、喜んで歌ったとの違いです。しかも、寮歌はその日初めて全国からやって来た初対面の中学生ばかりだったのですが、練習していくうちに、自然に高校生として肩を組むようになっていました。まだお互いに名前も知らなかったのにです。

寮は私達十代の若者で、一つの「社会」を形成していきました。「国家」と「社会」は、二つの円が重なる部分が幾らかあるにしても、大部分は別々の存在で、国家は上から、社会は下から造られるような気がしました。

中学時代は勤労動員で軍需工場に通わされていました。ここでは軍歌の合唱をし、家との往復では、常に警戒警報や空襲警報に神経を尖《とが》らせていなくてはならず、暗い燈火管制の家の中で、夜はいつでも逃げ出せる服装で眠らなくてはなりませんでした。

ところが、弘前では、寮の隣に師団司令部などの建物が軒を連ね、兵隊がたくさんいるはずの街なのに、昼も夜もとても静かで、やがて桜が咲くらしい春の青空は、透き通るように清らかでした。これでも戦争をしている国の街なのかと、不思議に思えるくらいの静けさに包まれていました。

自分は大根や蕗《ふき》がたくさん入っていたにしろ食事が取れているが、東京の両親は今夜はどこに泊めてもらっているのか、食事はできたか、一本のイモを半分ずつ食べたきりではないか、今日は空襲はなかったか、二人で火の海の中を逃げ廻っているのではないかなど、一日中気がかりでした。

寮には新聞もラジオもありませんでした。もし両親に万一のことがあれば、私はこの見知らぬ津軽の土地で、天涯孤独の孤児になってしまうのでした。たった一人の兄は、学徒出陣で兵隊に取られ、広島の宇品《うじな》港から大船団で南方に向かったまではわかっていましたが、その後の消息は全く不明でした。

その中で私がほんの少しでも得た安らぎは、岩木山の美しい山容と向きあった時などに、ふと感ずる静けさでした。そして、静けさの中でこそ、人は人として人間らしく生きられるのだとも感じました。

霊峰岩木山を中心にひろがる津軽の大自然が内包する「静けさ」が、まるで心の荒野を彷徨《ほうこう》するようにして辿り着いた私を掬《すく》い上げてくれました。

静かであることが、人間の生活の基本なのかもしれないとさえ思うようになったのでした。

夏、八月十五日。戦斗が終わりました。

静かな一日でした。ずっと後に、私は「あなたはあの日何をしていましたか」というテーマの番組を作るために、多くの方に会って、日記などを見せていただいたことがありましたが、ほとんどが「いも二本買えた」というような生活的な記述ばかりで、ほんの数人が、戦争が終わったと書いてあっただけでした。敗戦による不安や日本はこれからどうなるのだろうという大局的なことよりも、今日一日が穏やかで、おいもを二本食べられたことの方が、印象に残っていたのです。**私はあの日から今日まで終戦という言葉を使ったことがありません。敗戦と言います。私の心の中では、戦争はまだ終わっていないからです。**

私と同世代の百万人もの日本人が、まだシベリアで、沖縄で、南方の密林や深い海の底で、お母さんを慕い、生まれ故郷を瞼の裏に描いて眠り続けているのです。あの方達がお母さんのいる生まれ故郷に全員還った時、日本人にとって、第二次世界大戦は終わるのだと私は信じ続けています。

お願いしたい二つのこと

中学の時に原隆男先生という方がいらっしゃいました。全く泳げなかった私に水泳を教えてくださり、泳ぐことの楽しさを教えてくださった先生です。先生の強烈な思いやりの心は、生涯忘れることはないでしょう。ところが、先生は英語ができたため、戦後長期間シベリアに抑留されてしまいました。

私がＮＨＫのアナウンサーとなって、始まったばかりのテレビを通して、世間に名前がほんの少し知られるようになったある日、一本の電話がかかってきました。

「はい、鈴木健二です」

と言うと、遠慮勝ちな声で、

「もしもし」

と、話しかけてきました。

「はい……あっ……間違えたらごめんなさい……もしかしたら……原先生ではありませんか」

「えっ、わかってくれたか、もしもしだけで。さすが鈴木健二だ。そう原です」

あまりにも長い歳月でした。しかもその間に流れた時間の中には、あの呪うべき戦争と、戦後の暗黒社会があり、正常な歳月ではなかったのです。

暫《しば》くしてＮＨＫの玄関に来られた先生は、長年のご苦労に少し疲れたご様子はありましたが、お元気そうでした。私は顔見知りの近くのうなぎ屋さんに案内しました。

「うなぎなんて、何年いや何十年ぶりかなあ、ありがとう、ありがとう」

そう言って先生はおいしそうにビールを飲み、盃《さかずき》のお酒を口にし、うな重を食べました。

「死んだ戦友に食べさせたかったなあ」

と、ぽつりとつぶやかれたのを機に、南方の島から北の満州（現・中国東北部）に移送され、敗戦となって捕虜となり、シベリアに送られてからの苛酷な月日を語られました。

それは浪曲的演歌の「異国の丘」のような情緒的な話ではなく、背筋に悪寒が走り、戦争責任者への底知れぬ憎しみがこみ上げて来る話ばかりでした。

先生は時には体を小刻みにふるわせ、時には頬に涙を伝わせながら話しました。その姿の中に私は中学水泳部での強烈な思いやりの情熱を思い出しました。あの全く泳げなかった私を励ましてくださった情熱が、先生をして苛酷な生活に耐えさせ、「命」を今日にまでつなげさせたのだと感じました。

「人間が生きる所じゃなかった。哀れさや残酷さの限界を遥かに超えていたよ。朝起きると、隣に寝ていた戦友が死んでいた。そいつの遺体を埋めるために穴を掘っても、土をかぶせている時も、涙一滴こぼれなかった。死に対して不感症になっていたんだ」

「でも、全員軍人だったのですから、死ぬ間際には、天皇陛下万歳を唱えたでしょう」

と言う私に、

「そんな人は一人もいなかった。どうして自分がこんな惨めな境遇に置かれたのか、それをやらせたのは誰かを皆が知っていたが、口には出さなかった。無言の恨みだった。怨かな。呪いになるかもしれない。これからの日本人にはね返って来るような」

「何に一番困りましたか」

「もちろん食料だ。全員極限の空腹なんだ。なんでも食べた。ネズミ、ヘビ、ゴキブリまでもだった。いや、アリさえもだ。それと日本の情勢が全くわからなかったことだ。戦争に負けたのだということしかわからなかった。

だから毎日のように、国家とは何か、天皇とは何だという激論が交わされ、時には殴りあいの喧嘩になった。あとは身を寄せあって、その日その日を生きることで精一杯だった」

最後に、いやあ、ありがとう、君に逢えて今日は復員以来、一番楽しい日だったとおっしゃって、先生は帰られました。

私は占領時代でも今でも飛行機が那覇空港に着いて、沖縄の地に足を着けた瞬間に、胸がいっぱいになり、涙がひとりでににじみ出ます。

敗戦に先立つ二か月前の六月、沖縄のあの悲惨な戦斗は終焉《しゅうえん》を迎え、島民と兵士合わせて約二十万人が島々を血に染めて犠牲となりました。

沖縄での戦争というと「ひめゆり学徒隊」の話が悲しみに満ち溢れて語られますが、この女子学生の皆さんは、私とほぼ全員が同い年なのです。猛火烈風の中を、目の前で人が火に包まれて焼け死んでいくのを見ながら逃げ廻った私の体験は、彼女たちの体験と重なります。

狭い洞窟の中へ次々に運ばれて来る兵士の血みどろの遺体、重傷者のうめき声、傷口に湧いた蛆虫《うじむし》を指で潰す音が二十四時間続いていた洞内で、麻酔薬無しで行われた手足の切断手術。断末魔の叫び声を聞きながら、切断された手や足を両腕で抱えて「足が通りますよーっ。道を少しあけてーーっ」と大声を上げて、土の上に横たわった負傷した島民や重傷の兵士の間を駆け抜けて、敵の弾丸が昼も夜も飛び交う洞窟外へ捨てに行く。帰りには「水、水、水をくれ」とうめく重傷者のために、地面にたまった泥水を、ほんの少しでもコップに掬って飲ませたという。語り部の声は、今も鮮烈な悲しさで耳の奥に残っています。しかし、この方達も、私と同じ高齢ゆえに、次々に語り継ぐ奉仕活動の場を去られたとか……。

私達穴呂愚人がお願いしたいのは、「戦争はするな」という言葉を絶対に守り抜いて戴きたいことが第一。第二は戦場で敵弾に身体を引き裂かれた人や、シベリアで寒さに凍えながらいつ終わるともわからない不安の中で死んでいった人、焼死、餓死、自決した人達。沖縄の人々の苦しみをはじめ、乗っていた軍艦もろとも爆破されて海底深く沈んだり、あるいは海上を何時間も何日も漂流したりした後に、力尽きて遥かな故郷やお母さんの面影を瞼に描きながら息絶えて、もしかしたら魚の餌食《えじき》になって、骨だけが海底に沈んだかもしれない私と同世代の人の痛ましい死。

これらの戦争で亡くなった方達の死をリアルに想像してください。そして追悼し続けてくださることをお頼みしたいのです。これは、あの切り倒された桜からのメッセージでもあります。

「戦争で亡くなられた皆様のお蔭で、今日の私達の平和があります」などと美化した言葉が、戦没者慰霊式典などでよく聞かれますが、私に言わせると、あれは違います。戦死された方は、空襲や原爆で亡くなられた方も含めて、すべて戦争による不幸な犠牲者です。

「平和」と「死」をつなげてはいけないのです。

「平和」につながるのは常に「幸福と愛と生きること」です。

第二章

感動なしに人生はありえない

うなぎ屋の縁

私の母方の実家はうなぎ屋でした。

店は新橋三丁目にあり、新橋の芸者さんが人力車に乗って往来しているような、情緒ある場所でした。屋号は「角屋《かどや》」。角にあったので、角屋と単純に名づけたのだろうと思います。わが一族はものごとをあまり難しく考えないたちです。

決して広くはない調理場でしたが、祖父がうなぎを裂く分厚い木のまな板に向かいあうように神棚があり、どこかの神社のお札が貼ってありました。

「どうしてあそこに神棚があるの」

と幼い私が聞くと、祖母が、

「うちはお料理屋さんだろ。おじいさんが毎日うな丼やうな重や蒲焼きを作ったりすると、うなぎを可哀想に殺さなきゃならないだろ。親子丼を作れば、ニワトリの肉を使ったり、本当ならばヒナに生まれるはずの卵を割ったり、お刺身ならお魚を切るね。生きた血がたくさん流れるんだよ。でもそれをお客さんが喜んで食べてくださって、店は繁昌する。だからうなぎやニワトリやお魚に、ありがとうございますって感謝するために神棚があるんだよ。健坊も食べる前には、神棚に手を合わせてね」

祖母の話では、祖父は仲間うちでうなぎ裂きの名人と言われていたそうです。命あるものに感謝して仕事をする祖父、それを支える祖母が、私は大好きでした。

店で食べるお客さんの注文は、うな重より安いうな丼が多く、どこで値段が違うのか小学生の私にはわかりませんでした。たまに一円の蒲焼きを注文する人がありました。これは大きな絵皿にうなぎが一ぱい並んでいました。

「一円の蒲焼きを食べる人は誰？」

ある日調理場で聞くと、祖母が放送局（ＮＨＫ。のちの日本放送協会。当時はラジオ局）の人が多いよと教えてくれました。当時NHKは店の近くの愛宕山《あたごやま》にあって（現NHK放送博物館）、ほとんど毎日のように、かなりの数の出前の注文があり、多くはうな重の「中」でした。

それからおよそ十六、七年後、すでに店は戦争中になくなっていましたが、私はNHKに就職の志願書を出したのです。放送業界には興味も関心も、予備知識もないのにです。それも締め切り五分前で、就職の願書を出したのはこの一通だけ。実は七年ぶりに道でばったり出会った中学時代の友達に、一緒に受けてみないかと声をかけられたのがきっかけでした。

学科試験が終わり、口頭試問（現在の面接）の時でした。

「どうして放送局を受けようと思ったのですか」

という型通りの質問が最初に出されました。

「私の母の実家が、戦争で米の配給が始まる直前まで新橋三丁目にあったうなぎ屋だったのですが、愛宕山にあった放送局からいつも出前の注文がありましたので、小さい時分から放送局に親しみがありました。それで……」

と、思い出話をすると、

「ふんふん、そうそう。角屋ね、あったあった」

と、四、五人いた試験官がのって来ました。

「店へもよく食べに来てくださって、なかでも一番高い一円の蒲焼きを食べてくれるのは放送局の人だけだよと、よく祖父母が言ってました」

と、ここまで来ると試験気分は全くなくなり、行ったことがあるよとか、出前を取った覚えがあるなど、戦争前の思い出話に花が咲いたのでした。

もちろん、放送や番組についての若干の質問はあったのですが、関心や知識の無さが丸出しになって、私はそれには全く答えられなかったので、これは落ちたなと早々にあきらめていました。ところが数日後、採用通知が届いたのでした。

自分自身は人の世の一本の流れに従って生きているだけだと思っていましたが、どこかで過去と現在と未来は三つの点となりながらつながっていたのです。

下町の人情

私はうなぎ屋だった祖父と祖母が大好きでした。人が生まれ故郷を回想しようとする時、頭の中に描かれる風景は、小学校時代の風景であり、色彩であり、周囲の人々ではないでしょうか。風景は美しいパノラマのようにひろがり、登場人物はすべて良い人間ばかりです。

認知症初期の患者さんを、生まれ故郷に連れて行ったら、様々なことを思い出した実例もあると聞いています。しかし、私の故郷下町は東京大空襲で焼け野ヶ原となり、今やあの故郷はありません。そういう私にとって、昔を思い出させてくれる祖父母は故郷みたいな存在です。

久しぶりに妻と二人でうなぎ屋さんに入って、祖父母もうなぎ屋だったなあと思い、輪郭を思い浮かべようとすると、突然昔の回想が始まりました。

小学校四年か五年生の私は、母から祖父母の店、角屋へ届け物に行っておくれと頼まれました。紀元節や天長節などの式の日にだけ学校に着て行く兄のお下りの白い襟のついた洋服に着替えさせられ、いつも履《は》いている板裏《いたうら》草履ではなくて、革靴を履かせられ、中に何が入っているのかわかりませんでしたが、小さな風呂敷包みを持たされて、電車賃の二十銭をもらって家を出ました。

のちに中学の四年間、毎日通うようになった両国駅までの五分間の道のりは、祖父や祖母に会える嬉しさで、いつもより速い足取りでした。家を出て左へ行くと、江戸時代は掘割だったのでしょうか、それを埋め立てて造ったらしいこのあたりでは一番幅の広い道路へ出ました。割下水と呼ばれていました。

それを右折するとすぐに、向島と柳島の間を走る電車道がありました。歌舞伎座に芝居を見に連れて行かれたり、銀座へ行く時はこれに乗り、築地のあたりで乗り換えました。小学生には歌舞伎は何を喋ってるのかさっぱりわかりませんでしたが、綺麗だなあとは思いました。

電車道を渡ると青果市場で、昔はヤッチャ場と言いました。鉄格子の塀が終わると、上を千葉方面へ行く総武線や房総線の省線電車（今のＪＲ）や汽車が走るガードで、それをくぐってすぐ右へ曲がると、二分ぐらいで両国駅でした。途中に相撲部屋が見えたり、おすもうさんとすれ違ったりしました。

今はどうか知りませんが、昔のおすもうさんは、冬の寒い朝でも、まだ薄暗いうちから、浴衣《ゆかた》一枚ではだしで外を歩いていました。これも強くなるための稽古の一つだったのでしょう。私の家があった本所区亀沢町一丁目界隈はほとんどが長屋で、一戸建ては町内全部でも私の家の他十軒そこそこでした。商売人と職人とメリヤス工場の町で、どこも早起きでした。

母は春夏秋冬五時半には起きていましたので、おすもうさんは朝早くから稽古が大変ね、強くなるためには辛抱しないとね、でも若いのに可哀想だね、と言って、ヤカンに温かいお茶をいっぱい入れ、お盆に湯呑み茶碗をたくさん載せて、よかったらお飲みと、いつも家の玄関前の木の箱の上に置いて出していました。私はまだ眠っている最中でしたが、母や女中さん（お手伝いさん）の話では、おすもうさんがいつも飲んで、ごっつぁんでしたと言って、また歩いて行ったそうです。いま考えると、下町らしい思いやりです。

駅の窓口で「新橋、子供一枚」と言って切符を買い、改札口を通る時に切符を差し出すと、駅員さんがパチンと鋏《はさみ》を入れてくれました。

「キミ、一人で行くのかい」

「うん」

「気をつけて行けよ。ドアに挟まれるな」

と、必ず声をかけて注意してくれました。現在の自動改札機の無味乾燥さとは比べものになりません。電車にはあたたかい心づかいがありました。駅構内でもホームでも、大勢の人ごみの中で、平気で携帯電話やスマホを使い、人にぶつかりそうになっても、ごめんなさいも言わない人がいっぱいいて、思いやりが見当たらない現代の風景とは大違いでした。

両国駅を出て、隅田川を渡ると浅草橋で、次の秋葉原で山手線に乗り換え、その次の神田へ来ると、

「神田ン、神田ン、地下鉄セン乗り換え、神田ン、神田ン、地下鉄セン乗り換え」

この神田駅のアナウンスは、あれから八十年もたつ今も、私の耳の奥に残っています。が、どうして神田ではなくて、神田ンとンが入るのか、そして、どうして地下鉄線のセンを強く言うのかが不思議でした。たぶん言葉の調子だったのでしょう。

当時は浅草から上野、上野から新橋と延びていた地下鉄が、渋谷まで開通したばかりでした。

下町の人間からすると、銀座、上野、浅草は東京だけど、渋谷なんてド田舎だろうと思っていました。まさか二十五年ぐらいのちに、渋谷のＮＨＫへ通勤するようになるとは夢にも思っていませんでした。

命の種

祖父の店の従業員で一人だけ印象に残っている人がいます。その人はみんなから「とうどん」と呼ばれていました。

角屋へ母のおつかいか遊びに行った時の楽しみは、祖父が必ずブリキの大きなタライにうなぎの生きたのを三匹ぐらい入れてくれて、ご飯ができるまでこれで遊んでおきなと、調理場の土間に置いてくれたことでした。私はうなぎが大き過ぎる上に、にょろにょろ動くので摑めず、ただ眺めるだけでしたが、それでも飽きずに眺めていました。

もう一つの楽しみは、祖父がうな重や親子丼、天丼などを私向きに小さく作ってくれることでした。中でも一番の楽しみは、うな丼のタレをかけたご飯が食べられることでした。私はうなぎのタレが大好きでした。帰りには祖父がびんにタレを入れ、しっかり栓をして、必ずおみやげに持たせてくれました。明日の朝、温かいご飯にこのタレをびんから垂らしてかけ、それを食べて学校へ行くんだと考えると、その日は一日中楽しかったものです。

ある時、こんなことがありました。

例によってタレの入ったびんをぶら下げて、帰り道を新橋の駅へ向かっていました。突然後ろで足音がしました。振り向くと、とうどんが駆け寄って来ました。そして、小声で言いました。

「ケンちゃん、すまねけんど、そのびんの中のうなぎのタレを、ちょっとオラに舐《な》めさせてけれ」

初めて聞いたとうどんの言葉でしたが、聞いたことの無い節廻しで、よくわかりませんでした。しかし、とうどんはちょっとだけなと言って、私の手からびんを取り上げ、右手で持つと、左の手のひらへ載せ、さかさまにしました。そして、手のひらについたタレを口に持って行って、ぺろっと舐め、一、二度ぴちゃぴちゃと舌打ちして、もう一回同じことをしました。そして、ありがとよと言って、栓をしてから私に返し、なぜかうんうんとうなずいて、じゃな、気ィつけてと言って帰って行きました。

家へ戻ってその話をすると母が言いました。

「あのタレはおじいさんとおばあさんにとっては、命の種なんだよ。おじいさんが作って、おばあさんが味を決めるんだよ」

「おばあちゃんが？」

「そう。おじいさんがお醤油だの塩だのお砂糖だのみりんだのいろいろのものをまぜてタレのもとを作るのさ。でも、甘いとかもう少し辛くとかは、おばあさんが決めるんだよ。それを毎日朝早くやるんだよ。うなぎを焼いている横にカメが置いてあるだろ。あの中にタレが入っているんだよ。それをおばあちゃんは、昔から毎日毎日掻き廻しながら、もう何十年て作ってるんだ。門外不出って言ってね。二人以外は誰もさわった人はいないんだよ。とうどんは知りたかったんだろうねえ。自分の舌で味を覚えたかったんだろうねえ。えらいね、とうどんは。明日あたしが角屋へ行って、おじいちゃんとおばあちゃんに話してみるからね。とうどんにタレの秘伝を教えてやってくれってね」

その後どうなったかは知りませんが、私の好きなうな丼のタレが、祖父と祖母の命の種というものであると言った母の言葉が、子供心に響きを残しました。でも、とうどんは次に角屋へ行った時には兵隊に取られていませんでした。その後今日までとうどんとは音信不通です。

あの「命の種」の味を覚え、くにに帰って、うなぎ屋さんを始めようと夢見ていたであろうとうどんのことをいまでも時々思い出します。

母のお手伝い

私は白菜の漬物を食べると、小学生の頃の隅田川界隈の冬の風景と、母が私を優しく温かく育ててくれたことを思い出します。白菜は思い出深い漬物なのです。十二月の声を聞くと、私の母もまわりの長屋のオカミサン達も、冬の陽が射す日には、長さ二メートルぐらい、幅はおとなの肩幅ぐらいの張り板（洗って糊付けした布を張って乾かす板）を家の前の道路に持ち出しました。

二つの木の空き箱にこの張り板を橋渡しして、その上に白菜を大量に載せます。それから何時間もかけて一つ一つを丁寧に洗い、四つに切って、四斗樽や一斗樽に漬け込んでいきます。母も女中さんに手伝ってもらいながら次々に漬け、一樽が終わると、工場で働いている人が二人掛かりで家の台所へ運んで行きました。

家と工場は棟続きになっていて、早い話が家全体の約五分の二は工場だったのですが、その家と工場の両方の続きの部分にあるのがお勝手で、工場とはガラス戸で仕切られ、出入り自由でした。

工場側の入口から樽を持って入ると、台所の一部は床が揚げ板の廊下になっており、樽はこの廊下の下に置かれました。母は毎日ここから白菜の漬物を取り出していましたが、それは冬から夏の初め頃まで食卓を飾ってくれました。

私は白菜の葉っぱの部分が大好きでした。母は毎朝この葉っぱの部分を一枚一枚子供が食べ易い大きさに切り、丁度フグ刺しをお皿に菊の花状に綺麗に並べるように、何枚も置いて出してくれました。それは白菜がある限り毎朝続きました。私はその一枚一枚を取り、お醤油をちょっとつけてご飯の上にひろげたまま置き、それを箸でのり巻のようにして巻いて食べました。最高のおふくろの味でした。

商家はもちろん、下町では長男長女は家の後継ぎで大切にされ、家事を手伝うことは、殊に長男はあまりありませんでした。長男はもっぱら商売の仕方を教わりました。

次男である私は台所仕事以外で、母の手伝いをよくさせられました。夜の食事がすみ、台所の片付けが終わって、母が茶の間に入って来ると、私はまず母の肩叩きをしました。十歳ぐらいになると、そこを揉むと母がああそこそこ、うーん気持ちがいいよ、ありがとうねという箇所が、うなじの後ろのぼんのくぼから首筋、さらに肩から腕の付け根や肩甲骨の横などにあるのがわかるようになりました。

終わると、母がはい今夜はこれを手伝ってねと、仕事の材料を持ち出してきました。例えば、新聞紙を畳の上にひろげて、そこへ小豆《あずき》を一ぱい撒いて、できの悪いのや虫喰いを選別する作業。毛糸の束を輪にして、私が輪の内側に両腕を通し、母が毛糸を手まりのように巻く仕事。北海道産の昆布を、和鋏《わばさみ》で二センチ四方ぐらいに切る仕事は、そのあとで煮こんぶとなり、わが家の常備菜となって、食事の度にお膳の上に一年中置かれ、お弁当のおかずにもなり、今でも私の大好物です。

こうした夜なべ仕事は、下町のどこの家にもあった風景でした。昭和十六、七年頃まで、下町では穏やかで心静かな家庭生活が続けられてきたのです。いわゆる不良少年のような子は、町内にいませんでした。狭い家々ではありましたが、家族に引き継がれてきた小さな仕事を通して、お互いを思いやる心を自然に身につけていたのです。

家族は常に集まっていることが一番大切なのです。現代のように夕食が終わると、子供達はさっさと自分の部屋に入り、テレビやゲームやスマホに夢中になり、家事を手伝うよりも、一日中片手に携帯電話やスマートフォンを握りしめ、深夜まで友達とメールを交換しあっている状況は、家族や家庭ではなくて、他人の集まりです。

家族の崩壊が社会的に叫ばれていますが、家族は社会の最も小さい組織であり単位です。しかし、組織は大小にかかわらず、常に内側から崩壊していくのは、歴史や現在の日本の政党や大企業が証明しています。

今、家族あるいは家庭の崩壊が伝えられ、孤独死が社会の大きな問題となっています。親殺し、子殺し、誰でもよかった殺人、家庭内暴力などが日常化し、この非人間的怪奇社会現象に、国民全体が不感症になっています。共通してその根底にあるのは孤独ですが、一人だから孤独なのではありません。誰とも会話する相手がいないから孤独なのです。兄弟は他人の始まりと言いますが、親子兄弟姉妹が一人ずつ別の部屋に閉じこもってしまったら、それは複数孤独であり、家族が住んでいる空家です。

人間で最も大切なのは、良い人生を送ることですが、良い人生とは良い思い出をたくさん持つことです。良い思い出の中にいてくれる人を、人は生涯にわたって思い続けるのです。それを愛するとか慕うと人は呼びます。愛とは互いに引きつけあうエネルギーを指します。そして、本来自然に愛しあい慕いあうのが、血を分けあった家族なのです。その心が交わされあう場が家庭です。

昭和四十七年（一九七二）のことでした。八年前の東京オリンピックから、すべての番組がカラーとなって、放送局で働いていた我々ですら想像したことがない程急速にテレビが普及しました。それにつれて食事の際にも、家族全員の目がテレビに集中し、良い家族を作るはずの顔を見合わせての会話がほとんど途絶えてしまいました。

その状況に家庭や家族崩壊の危機を感じた私は、大新聞のコラムに、「私は受信料を戴いている放送局に勤めているので、クビになるのを覚悟で、ありったけの勇気を振るって書きます」と前置きして、「お願いですから、せめて食事の時にはテレビを消してください」と訴えました。当然のように、内外から猛烈な批判を受けました。

あの時代ではテレビでしたが、今私は「お願いですから食事の時や使うべきではない所では、携帯電話やスマートフォンやゲームを消して下さい」と訴えたい気持ちでいっぱいです。

大自然の感触

私が祖父に「うなぎってどこにいるの」と聞いたら、「川の泥の中や海にもいるよ」と答えてくれたことがありました。妙な話ですが、私は角屋でうなぎがにょろにょろと動くのを摑んで遊んだことは記憶にあるのですが、今までに生きている魚はもちろん魚屋さんの店頭にある死んだ魚も、直接手でさわったことがありません。

釣りは今まで偶然人にすすめられて、隠岐《おき》の島と熊本県の天草で、それぞれ二十分程やったことがありましたが、いわゆる大名釣りで、餌を針につけるのも、かかった魚を針からはずすのも、すべて連れて行ってくださった方にしてもらいました。縁日で金魚掬いはしましたが、金魚にさわったことはありません。ついでに申しますが、昆虫を手で持ったこともありません。せいぜい蚊を叩いたぐらいなものです。

理数系は全く駄目で、機械いじりは大嫌いで、九十歳の今も、これまでも、自動車はおろか、携帯電話もスマートフォンもパソコンもカメラも持ったことがありませんし、秒単位で仕事をする放送局に三十六年間も勤めていたのに、あの頃も今も腕時計も持っていないくらいです。

小学校の三年か四年の夏でした。うちの工場で働いていた「せいどん」という若い男の人が、たまたま出身地の千葉へ用があって二日間帰ることになったのです。そこでなぜかせいどんが千葉へ帰る時に、一緒にケンちゃんを連れて行ってやるよと言ったので、私はびっくりしました。

わが家には東京の下町を片足出たら、知りあいも親戚も一軒もなかったので、私は田舎という所へ行ったことがないのです。川は隅田川をしょっちゅう見ているのでわかりますが、山と海は年に数回、父が熱海の温泉旅館に連れて行ってくれていたので、途中東海道本線の汽車の窓から山を眺め、寛一お宮の熱海の海岸を散歩して海を見たことはありました。また私がひどく病弱だったために、毎年夏になると、一週間程伊豆の伊東温泉に連れて行かれるので、伊東の海を見たり、遠く初島《はつしま》を眺めたりはしました。私は運動神経が全く無くて泳げなかったので、いつも砂浜でひとりで遊んでいるだけでした。

両国駅から御宿《おんじゅく》という駅まで行き、しかも、その晩はせいどんの家へ泊まるというのです。びっくりしました。よその家へ泊まるなどは生まれて初めてのことです。なぜ泊まるのと聞くと、翌日の朝早く海岸へ行って、地引網《じびきあみ》という魚の取り方を見物するからと言うのでした。

その日が来ました。御宿で汽車を降りると、海の匂いがしました。熱海や伊東の海とは違う強い香りで、海岸へ出ると、見たこともない高い波が次々に押し寄せ、ごうごうという音で、行きだけついて来た母やせいどんの話し声がよく聞き取れませんでした。でも、せいどんの家には、弟や妹がいっぱいいて、下の何人かは私と同じ小学生でした。時々言葉の終わりに、「行くべえ」「食うべえ」など、「べえ」というのがつくのがおかしい気がしました。

母が帰るので駅へ送りに行き、せいどんの家のたくさんいる家族と食事をしました。わが家の父と母と兄との静かな食事風景と違って、笑い声が絶えない賑やかな食事でした。

その中で、せいどんが大声で言いました。

「明日の朝は地引網に連れてってやるぞ」

すると子供達は箸を放り出し、両手で万歳をし、うわァと叫びました。ケンちゃんも行くんだろと一人が聞くと、せいどんがもちろん一緒に行くさと答えました。子供達がまた一斉にうわーいと万歳をしました。女の子までもしました。

いつもは四畳半の部屋でひとりで寝かされるのに、その晩は広い座敷いっぱいに蒲団《ふとん》を敷いて、私をはじめ小中学生の子供は自分の好きな場所で、勝手に横になって眠りました。少しの光や小さな物音でもあると眠れない癖のある私でしたが（今でもそうです）、この夜はこうこうと裸電球がついている中で、ふざけあったりしゃべったりしているうちに寝てしまいました。

突然、大きな声がしました。

「起きろっ。地引網に行くぞっ」

まるで雷がどかんと落ちたように、私には何を言ったのか、頭の中でガーンと響いただけだったのですが、びっくりして薄目を開けると、子供達はぴょんぴょんと起き上がり、寝巻きを着替えました。私は眠いのでまたうとうとと眠りかけると、せいどんが大声で、

「ケンちゃん起きろっ、おいてくぞ」

と、怒鳴りました。私は良く言えばおとなしい良い子、悪く言えば臆病で気の

小さい子でしたので、よその人からはもちろん両親からも、一度も叱られたことがありませんでしたので、体がふるえるほど驚き、慌てて着替えを始めました。子供達は皆はだしで庭に飛び降り、ケンちゃん、早く早くと合唱しました。

急いで自分ひとりで着替えをして、蒲団を蹴飛ばすようにして部屋を出た私でしたが、庭へ下りる縁側の端で、足がぴたっと止まってしまいました。

子供達が皆何も履《は》かずに、はだしで土の上に立っていたのでした。私はいまだかつて、はだしで道路や庭の土の上に降りたことはなかったのです。もし降りたとしたら、無類の綺麗好きであった母は、目玉が飛び出すほどびっくりし、私を家の中に連れて帰り、足の裏を皮がむけるくらいごしごしと洗ったと思います。

ところが、せいどんや子供達は、

「ケンちゃん、何も履かなくていいんだよ、はだしでいいんだよ、早く」

と、大合唱しました。

しかし、私はどうしても縁側から飛び降りる勇気が出ず、縁側の端にぺたんと腰を下ろしてしまいました。足はぶらぶらしています。

「そのままゆっくり下りればいいんだ」

私は恐る恐るゆっくりと足を下ろしました。

指先が土の上にかすかに触れました。それは右足の第二指の先端でしたが、たぶん二ミリ四方もなかったかもしれません。しかし、私の体の末端の部分が、生まれて初めて土と接触したのです。その瞬間、指先から頭の芯まで、ずーんと冷たいものが走りました。それは夜明けのかすかな光の下にひろがる土の、いや大地が持っていた、いや、ずっと後になって知った「大自然」という言葉で表現される「存在するあるもの」の温度でした。なぜか私はあの瞬間を、今でも頭の芯と右足第二指の先端を、体の中で結ぶ直線で思い出せるのです。あの朝が私が「自然」に触れた最初の日だったのです。

そのあと海岸へ駆けて行って、地引網の網を漁師さんにまじって子供達と一生懸命にひき、ご褒美に大きな魚を二匹くれたのまでは記憶しているのですが、それよりも、あの冷たい土から広がった閃光が忘れられません。そうそう、あの網の中に、うなぎはいませんでした。

翌日せいどんに連れられて家へ帰りましたが、以来戦争にはばまれて、今日まであの子達と会ったことはありません。あの子達も私が鈴木健二という名前であることは、たとえあの時に知ったとしても、八十年以上もたてば、もうとうの昔に忘れてしまっているでしょうし、私もあの子達の名前を覚えていません。元気でいれば皆私と同い年か九十代ぐらいです。

しかし、あの朝、まだ薄暗い庭の土の上に立った子供達、顔や姿はぼやけてはいますが、四人が並んでいる姿や、ケンちゃん、そのままはだしで下りればいいんだと、叫んで励ましてくれた声と、あの足の指先から頭まで、体を突き抜けた冷たさとが、ひとまとめになって、瞼《まぶた》の裏にその情景を描くことができるのです。

三浦雄一郎さんのように、八十代でエベレストの山頂に立ち、四方に果てしなく広がる山々を見つめて大自然との絆に感謝なさる方もいれば、私のように、小学生の十歳の頃に針の穴ほどの面積で触れた大自然を、心の中に感じ取るちっぽけな男もいるのです。

ひとりよがりで、抽象的過ぎてわかりにくいだろうと思いますが、具体的な形を持たない「精神」とか「命」とか「思いやり」「気配り」「心づかい」などは、人間一人ひとりがそれぞれ勝手な形で抱いている「存在するもの」なのではないでしょうか。違っていて良いのです。私にとっての大自然が足の指の先から始まったように。

良い教師は後ろから教える

小学校を卒業して二十年以上もたってからでした。せめてあの呪わしい戦争や忌わしい空襲から、辛うじて命を守れた小学校の同じ組の連中だけでも、一度集まろうやと、一年がかりで消息をとりあって、クラス会を開きました。連絡がとれた生き残りは五人、思い出話を語りあいました。その中の一人で、和菓子屋だった家の子がこう言いました。

「五月五日を今ではこどもの日なんて言うけれど、毎年端午《たんご》の節句の日に、柏餅を一つ学校へ持って行って、皆で食べたのを覚えているかい。実は、前の日の五月四日に、僕は必ず担任の木村先生に呼ばれて、家へ帰ったらお父さんに、明日の正午前までに柏餅を五箇、必ず職員室の先生の机の上に置いといてくださいと言ってくれと、五つ分のお金を渡されたんだ」

「なぜ？」

「もしかして明日柏餅を持って来るのを忘れる子、持って来られない子がいるかもしれない。そうなったらその子はどんなに淋しい思いをするだろうかと、先生は考えたんじゃないの」

それで思い出しました。お弁当のあとの昼休みに、教室で全員で柏餅を食べ、男の子ばかりでしたから、菖蒲《しょうぶ》の節句おめでとうと斉唱するのです。すると先生がこうおっしゃいました。

「いいか、お前達は男の子なんだから、皆立派になって、人のために尽くすんだぞっ」

六年間、必ずこれだけでした。すると私達は元気よく「はーいっ」と答えました。人のために尽くすとはどういうことなのか全くわかりませんでしたが、先生はその頃から世間では盛んに言われ始めた「お国のため」とか「天皇陛下の御《おん》為《ため》」とは言いませんでした。毎年「人のため」でした。
もはや七十年以上も前の話で、しかもその間には、あの地獄のような戦争と十万人が三時間のうちに死んでしまうという東京大空襲、飢餓のどん底だった戦後があり、木村先生も他界されて真相はわかりませんが、聞いていて私は先生の私達に対する思いやりの深さに、涙を浮かべてしまいました。

この木村先生は図画の時間などで、うまく描けない子を教える時に、後ろからその子を抱えるようにして、ここはこう描くと綺麗だろと、小さい声で囁《ささや》くように言いながら教えていたのでした。

話は一足跳びに飛びますが、私がアナウンサーとして仕事をし始めた昭和三十六年頃は、まだテレビが始まって十年もたっていなかったので、被写体とテレビカメラはどのように向きあえばいいのかなど、映像作製の基本が番組を制作する私達にも全くわかっていませんでした。こうした問題を研究するために、私は自由な時間があれば、どうすれば人間はお互いに気持ちや言葉をより良く伝えあえるのか、その時二人の目と目の距離はどのくらいで、声の大きさや高さはどうなるのかなどを一人でひっそりと調べました。

自分なりに多くの収穫を得て、それを実際にスタジオや中継現場で応用しました。その中の一つで、人の気持ちや言葉が最も良く伝わるのは、目と目の間が三〇センチから五〇センチの間で、こうなると、声の量は日常の半分でいいのです。つまり囁きあえる恋人同士のような間柄が最良なのです。

木村先生が生徒に絵の描き方や算術（数）を教える時、その顔は子供の耳のすぐ横にありました。

「良い教師は後ろから来る」

「優しい声で教えられない人は、大きな声ではもっと教えられない」

旧制高校時代に何かの書物で読み知った言葉ですが、それをすでに小学校の時に私は先生を通して体験していたのです。子供の命を大切に伸ばしてやろうという思いやりは、木村先生のような人の場合には、理屈ではなく、自然に身に備わっていたのでした。

体罰が問題になる時代でありますが、体罰を加える教師やコーチは、児童生徒あるいは選手に向きあって、真正面から手を出しています。その表情や態度で、児童生徒や選手は殴られる以前に、すでにおじけづいてしまっています。ましてや小学校の子達は背が小さいから、先生が前から覆いかぶさって来るように思えるはずです。後ろからは殴れません。後ろから手を取って、耳元で優しい言葉で導いてほしいものです。そういう先生方の行いが、思いやりの心を育むのだと思っています。思いやりは、家庭や教室の中で、自然に身についていくような気がします。

振り返ってみると、私が生まれ育った隅田川界隈の下町には、そうした「人を思いやる環境」が、隣近所や町内に昔からあったような気がします。

戦前の手術

小学一年生の夏の終わり頃に、左耳にかすかな痛みを感じたのが始まりでした。母に連れられて耳鼻科に通ったのですが、そのうちに顔の左側がどんどん腫《は》れてきて、学校へ行けなくなりました。

母は電車に乗って隅田川を渡り、日本橋にあった津田という大きな耳鼻科の病院へ私を連れて行きました。そこでの診断は、今夜すぐにでも手術をしましょう、膿《うみ》がいっぱいに広がっています、でした。私には事の重大さはわかりませんでしたが、母の体が小刻みにふるえているのを感じました。

病院の角のところに床屋さんがありますから、大至急髪の毛を剃って貰ってきてくださいと言われ、もう夕方でしたが、母と床屋さんに行きました。当時男の子はほとんどいが栗頭でしたが、まるでお寺の小坊主のように、つるつるに剃られました。終わったら、もうあたりは暗くなっていて、母は私を背負って病院へ戻ろうとしました。

満月でした。私は母の背で、手術ってなあにと聞きました。しかし、母は病気をなおすことだよとしか言いませんでした。でも母が鼻をすり上げたので、たぶん涙を頬に伝わらせていたのだろうと、後になって感じました。

病院へ着くと、父が来ていました。私は病室のベッドに寝かされました。何かがあるんだという予感がしました。そこへ祖母が来たので、予感は不安に変わりました。

数人のお医者さんや看護婦さん（当時）がやって来て、一人のお医者さんが父と母に何かを説明しました。話が終わると、私はベッドの脇に来た車輪付きのベッドに、看護婦さん達の手で移され、やがて寝たまま車は動いて、廊下をゆっくり行き、たくさんの器械がある部屋に入りました。あとでそこは手術室だったことを知りました。そこへ入る時、母が「こわいことはないよ、ここで見ててあげるからね、しっかりするんだよ」と叫びました。しかし、父と母と祖母は部屋の外へ出されました。そして、私はまたもや別のベッドに移されました。それは手術台であったのを、やはりあとで知りました。

ところが、仰向けに寝かされるとすぐに、看護婦さん達が長い長いほう帯を何本も持って、私をぐるぐる巻きにして、台に体を縛りつけました。両腕も体に気をつけの姿勢のようにして結わえられました。私は急に恐ろしくなって、ヤダヤダと言いながら泣き出しました。でもじたばたしようにも、体は完全に手術台に縛りつけられ、びくとも動けませんでした。

しかも、その私の顔の上に、大きなガーゼが置かれ、何か円形の輪のようなもので、軽く押さえられました。そして、お医者さんの声がしました。それと同時に今まで嗅《か》いだことのない匂いが鼻を突きました。全身麻酔でした。

この大手術を受けてから、三か月近くも右を下にしたままベッドに寝かされていました。初めて上半身を起こしてもいいよとお医者さんに言われたので、看護婦さんに助けられて起こされたまではよかったのですが、看護婦さんが手を離すと、上体がゆーっくりと後ろに倒れてしまいました。何べんやっても駄目でした。要するに体のバランスを保つ耳の中にあるいわゆる三半規管が、三か月も一定方向を向いたまま寝かされていると、元の健全な方向には、すぐには戻らないのだということを知りました。

私の左の耳の裏側の耳たぶの付け根は、上から下まで頭蓋骨が陥没していて、人差し指が一本タテに収まるくらいの溝になっています。音や言語の聞こえ方は、右の耳と全く同じで、良く聞こえました。しかし九十歳の今は聞こえません。

私は右の耳では良い評判を聞き、悪い評判はこの手術した左の方の耳で聞くようにしてきたのですが、テレビに出演するようになってからは、もっぱら手術した左の耳ばかりが忙しく、良い評判を聞くはずの右の耳はただ穴が開いているだけのような気がしていました――呵々。

うなぎが消えた日

私が小学生の頃、毎年十二月の中旬になると、父がふいご祭りを開きました。家と棟続きの工場には小さなボイラーがあって火を使いますので、火の用心を祈って、小さなお祭りを、下町の工場は開きました。私のいた亀沢町一丁目の町内では、火を使う仕事をしていたのはわが家だけでした。

その日（旧暦でひのえひつじなど、ひのつく日）になると、子供を中心に大勢の町内の人が、わが家の前に続々と集まり、自転車も通れなくなりました。

そして、時間になると、道に面した二階の窓を大きく開き、父が今年はありがとうございました、来年もよろしく、火の用心、火の用心と言いながら、箱に山のように用意したみかんを群衆に向かってばら撒《ま》くのです。私も手伝いました。

すると人々はこぞってみかんを受けとめたり拾ったりするのでした。農山漁村ほどではありませんが、東京の下町は大小のお祭りが盛んでした。

その夜はたくさんの蒲焼きが祖父の角屋から届けられ、母と女中さんが汗をかいてうな丼を作り、家族と使用人全員でお相伴《しょうばん》にあずかるのでした。立冬の前の冬の土用は過ぎていましたが、その日がわが家の土用の丑の日だと父がうまそうにうな丼を食べながら言っていたのを覚えています。

時代は昭和初期でしたし、中国では天皇の軍隊による戦線が拡大し、時々どこどこ陥落と言っては提灯《ちょうちん》行列が行われていましたが、まだどこの店も繁昌し、子供達が食べるお菓子やケーキやおせんべも十分にありました。なにしろみかんも撒くほどあったのです。ただ我々子供の間では、こんな歌が歌われ始めていました。

パーマネントをかけ過ぎて

見る見るうちに　禿頭
毛生え薬で　毛が三本
折から起る突風に
かつら吹っ飛び禿が見え
近所の人に恥をかく
ああ　それだから非常時に
パーマネントはよしましょう

母は日本髪を結わなくなりました。そして、しばらくするとお米をはじめ食糧や衣類が配給制になり、飲食店や料亭は店を閉じ始めていました。食糧事情は日を追って厳しくなり、祖父と祖母が丹精して作り上げてきた角屋も、限界ぎりぎりまで、律儀な性格の二人が懸命にお客様を喜ばせようと、うなぎを裂いて焼いて努力していたのですが、遂に閉店の日を迎えてしまいました。私の周りからうなぎが消えていく頃、私は小学校の卒業を迎えました。

突然生きる心の張りを失ったせいか、大柄だった祖父はその後は会うたびにやせていきました。

そしてある日、乗っていた電車が急停車し、よろけた弾みに、窓の下部に取り付けられていた真鍮《しんちゅう》の横棒の角が左胸に強く当たりました。病院での診断の結果、肋骨が折れていて、折れた先端が心臓に突きさきさるような形になっているのではないかということでした。以来、祖父は急速に衰弱し、入院しました。

ある日、実は何とも説明のつかない不思議な現象が起こったのです。

暗くなって来たので、隅田川畔で友達と別れて家路につきました。道幅二間程の道を行くと、右側にいつも行くお風呂屋さんがあり、隣が大きな製パン工場で、その角を曲がって斜めに道を横切ると、わが家の玄関でした。目をつむっていても歩ける程です。

あたりは夜の闇に包まれ始めていました。パン屋さんの角を曲がった時です。

突然あたりがぼっと薄緑色に一瞬明るくなりました。びっくりして足を止めました。突如として光った緑の光に恐ろしくなって、急いでかけ出してわが家の玄関に行き、がらりと戸を開けました。と同時に電話のベルが鳴り、父が受話器を取り上げたのがわかりました。

私は下駄を脱いで、電話のある部屋に入りました。すると父が受話器を置いて、ぽつりと言いました。

「今、角屋のおじいちゃんが息を引き取ったって」

「えっ、誰からの電話」

「おばあちゃんから。たった今だって」

私は体がふるえました。たった今と言ったら、私があの緑の光を見た瞬間と同じ時間ではなかったでしょうか。

私は玄関に戻り、恐る恐る扉を細目に開けて外を見ました。もしかしたらおじいちゃんがあの電信柱のあたりに立っているのではないかと思ってじっと見つめましたが、ただ真っ暗なだけでした。

あの緑の光は一体何だったのでしょうか。私にはおじいちゃんが、サヨナラを言いに来たのだとしか思えず、今もそう信じています。

中学生の感動

中学校は先生のすすめで、山の手の中学校（第一東京市立中学校）に入学しました。入学式のあと、校内を巡りながら設備の説明を受けたのですが、下町のごく一般的な小学校とは格段の違いで、中学校とはなんと素敵な学校なんだと驚きの連続でした。

最も目を丸くして驚いたのは、戦前の日本には二つしかないと言われていたそうですが、独立した建物で、室内プールがあったことでした。二階は観覧席になっていて、その一端はプールの上に伸びて、飛び込み台になっていました。プールもプールサイドもすべてタイル張りで美しく、泳いだあとには、小さなお風呂にも入れるようになっていました。しかし、水の中に入ったことのない私には、完全に宝の持ち腐れでありました。すごいなあと驚きはしましたが、泳いでみたい興味は全く起こりませんでした。

制服は背広に白いワイシャツで、しかも紺色のネクタイ、靴は黒の編み上げで、大きな黒いランドセル。そして、校内は必ず運動靴を上ばきに履きかえなくてはならないのでした。小さな紳士《ジエントルマン》でした。

びっくりしたのは、生徒への案内板のような所に、陸軍幼年学校や陸軍士官学校、海軍兵学校など軍関係学校の学生募集のポスターが貼《は》られていたことでした。そして、案内の先生はもしも希望する場合は、担任に申し出るようにと言いました。二、三年後、戦争が激しくなると、ここは、のちに神風特攻隊となったと噂された予科練や特幹（特別幹部候補生）その他軍隊関係の募集のビラでいっぱいになりました。

私は兵隊サンというのは、二十歳《はたち》の徴兵検査を経てからなるものだとばかり思っていたので、あの恐ろしい理由もなしに殴られ、眼のまわりが紫色に腫れ上がる軍隊に、自分から進んで行く人なんているのだろうかと、背中がぞくっとしました。

困ったのは、正科としては剣道か柔道、そして課外として何らかの部に所属しなくてはならないことでした。基礎体力が全くなく、懸垂も腕立て伏せも一回しかできず、鉄棒の逆上がりはどうやっても上がれない私は、とりあえず文芸部と美術部を志望しましたが、紙や画材が手に入りにくくなったので、ほぼ休部状態だということでした。困った私は担任に決まった原隆男先生に相談しました。私はこの黒くて太い縁のメガネを掛けた先生に少なからず好感を抱いていました。

運動は全然駄目ですと訴えた私に、原先生はこう言われました。

「非常によろしい。よく正直に言ってくれた。だけど、陸上がすべて駄目なら、水上があるじゃないか。水泳部に入れ」

「えーーっ、海へもプールへも一度も入ったことがないんです。耳を手術したのを、親も小学校の先生も心配したせいです」

「それはわかる。しかし、それに甘えていてはいけない。私から体操の先生達によく話しておく。とにかく水泳部だ」

そう言うと先生は教員室の奥の方へ歩いて行って、数人の先生に何やら話していました。


それから間もなく、まだ四月だというのに、プール開きが行われましたが、水泳部はその二、三日前から練習を開始しました。プール開きの日には、二階の観覧席に新一年生を入れて、練習風景を見学させるとのことでした。

学生は白の褌《ふんどし》でしたが、水泳部員はえび茶の六尺褌でした。まるっきり泳げないのに、私も一人前にえび茶でした。明日初めて水の中に入るという前の晩は、兄に手伝ってもらって、褌の締め方を練習しました。兄は小学校時代から陸上も水泳も選手で、両方とも東京市学童十傑の何番目かに入っていました。母はゲラゲラ笑いながら眺めていました。大丈夫かい、溺《おぼ》れないかい、誰かが助けてくれるのかい、ばかりを繰り返していました。一番の心配は耳に水が入らないかということでした。

朝から緊張で体が時々ふるえました。放課後いささか重い足取りでプールへ向かいました。先輩の部員達はもう水しぶきを上げていました。私と同じ一年生も四、五人いるらしいのですが、皆すいすいと泳いで、誰が何年生かわかりませんでした。更衣室で自分ひとりで初めてえび茶の褌を締めました。

プールに行くと、原先生が来ていました。他にもう一人、背の高い体操の先生も来ていました。二年後にはこの先生が担任になり、しかも、およそ五十年後、山梨県甲府市の美術館へ講演を依頼されて行った時、美術館の玄関に立って、私を迎えてくださったのが、この先生でした。懐かしさのあまり、人目もはばからずに抱きあい、涙を流しました。敗戦後、先生は山梨県に移り、新聞で私の講演を知られたのでした。

原先生は、いいか、水はこわくないぞ。人間の体は水に浮くようにできているんだからなと言いました。私はホントかなと思いました。

コーチにも部員にも私が生まれて初めて水の中に入ることが知らされていたらしく、部員の練習が終わると、張られていたコースをはずして、私が水深の浅いほうを横断できるようにしてくれました。距離はおよそ八メートルぐらいだったでしょうか。

まず水の中を歩いてみろとOBらしいコーチに言われ、私は金属の棒でできた梯子《はしご》をそーっと下りました。最初足先が水に触れた時、うっ、つめてえと、足を引っ込めてしまいました。室内プールは陽が当たらないので、屋外プールよりも、水がずっと冷たいのです。

「思い切って入れっ」

原先生が両手を口に当て、メガホンのような形にして叫びました。「はい」と小さく答え、大きくうなずいて、私は少しずつ水の中に体を入れました。足首、ふくらはぎ、膝、そして、股の近くへ来た時、オチンチンのフクロがきゅーっと縮むのがわかりました。褌がゆるんだ感じがしました。

お臍《へそ》のあたりが一番冷たかったのですが、やっと脇の下まで来ました。そのまま歩いてみろとコーチに言われて、向こうの壁に行こうとすると、体が軽くて、ぴょんぴょん飛び歩いているようでした。やっと向こうへ着くと、

「そのまま体を全部沈めてみろ」

と、コーチが言いました。「はい」と答えたのですが、反射的に私は両耳を押さえてしまいました。人差し指の先を耳の穴に入れてでした。するとプールサイドで見ていた部員達が口々に叫びました。

「耳を押さえたら、沈まんぞ」

私は足を底につけて立ち上がりました。右手は離したのですが、左は耳にくっ

ついたままでした。ここに水が入ったらと、六年前のあの大手術が一瞬頭をよぎりました。近づいて来た原先生が言いました。

「大丈夫だ。耳には水は入らない。ここにいる水泳部員を見てみろ、毎日何百メートルも泳いでいるのに、耳に水が入ったままのやつは一人もいないんだからな」

「はい」とまた小さい声でうなずいて、私は膝を曲げて、水の中に頭のてっぺんまでつけました。口から息が出て、大きな泡がボコボコと目の前を通って上って行きましたが、すぐ苦しくなって、水の上に頭を出してしまいました。部員達があははと笑いを合唱しました。それからは矢つぎ早でした。

両腕の間に顔をつけて、壁のオーバーフローを持ってバタ足をやってみろ、もぐって壁を蹴って、そのまま両腕を前にして、イカのように進めだの、原先生やコーチや部員の声が次々に飛んで来ました。不思議なことに、私は水を恐れなくなり、すべての命令に「はい」と答えました。最後に原先生が言いました。

「よし。もう大丈夫だ。壁を蹴って、形はどうでもいいから、クロールのように腕を廻して、バタ足で泳いでみろ」

「はい」。集団の命令には逆らえないあきらめなのか、それとも私の心の奥深くで眠り続けていた男の闘争本能が突如目覚めたのか、私は壁に背中をくっつけて水の中に立ちました。水は脇の下までありました。「よーーい」とコーチの声。

「スタート」。部員の一斉の叫び声。

私は夢中で手足を動かしました。浮く。浮いたと感じました。しかし、苦しくて立ってしまいました。見るとプールの横幅の真ん中でした。

「そこで立っちゃ駄目だ。バカヤロー立つな。もう一度そこから泳げ」

怒号が飛び交いました。意を決したのか励まされたのか、それともここでプールから出たら笑いものにされるかボカスカ殴られるかもしれない、そんな気持ちがごちゃごちゃに入りまじって、私は再び手足をバタつかせました。するとすぐにどんと壁に頭がぶつかりました。立ち上がると皆が拍手してくれました。

私は生まれて初めて水に入り、そして水に浮き、遂にわずか八メートルですが、泳げたのです。原先生がプールサイドへ来て、よし、よくやったと言って手を差し出しました。私が先生の手を握ると、プールサイドへ引き揚げてくれました。また拍手が起こりました。

私は何度も頭を下げました。自分にも運動能力があったんだ、泳ごうと思えば泳げるんだ、体の奥底から熱いものがこみ上げて来ました。生まれて初めての感動でした。涙が出ました。

「感動無しに、人生はあり得ない」。私の自家製処生訓の第一号です。

人生を最も幸せに暮らせた人は、一つでも多く良い思い出を持つことができた人であるように思います。そして、その忘れられない良い思い出の基礎にあるのは、『感動』以外の何ものでもないのです。

救急車は馬車だった

私が中学へ入ってすぐ、生まれて初めてプールに入り、水にわが身が浮くことに驚き、手足を動かしたら前へ進んだので、あ、自分にも全くないと信じていた運動神経があったのだと感動し、生きて行けることに確信めいたものを抱いたあの日の下校の時から、確かに私は変わりました。少なくともそれまでのうつ向き加減の歩き方とは打って変わって、胸を張るようになりました。

制服までも生き生きとしてきたようにさえ感じ、毎日朝早く学校へ行き、朝礼まで一人で静かにプールで泳ぎました。夜は読書にふけり、学校の勉強は英語の単語など、予習しなければならないものは別にして、試験勉強は二の次三の次にし、学校の成績は落第しない程度に、ビリから二番目を目標とすることにしました。

　正直に言って、私は小学校の成績はクラスで上の下、中学では中の中、のちの高校と大学（いずれも旧制）では下の下で、両方とも卒業できたのは奇跡中の奇跡で不思議なくらいです。

　成績はともかく、水泳のおかげで、あの日からほんのわずかな日数しかたたないのに、中学一年生の私は意気軒昂《けんこう》たる毎日を過ごせるようになったのでした。十月の校内クラス対抗水泳大会では、クラスの代表選手の一人になり、平泳ぎで出場しました。夢のようでした。二年生では対外試合にも、補欠でしたが、選手として連れて行かれました。

　二年生になると、私は自由型、平泳ぎ、背泳ぎの何でもござれの万能型選手になり、正選手が欠場したり、競技会の途中で体調を崩したりすると、その穴埋めに使われました。それでも私は嬉しくて嬉しくてたまらず、常に正選手達にはるかに遅れてゴールしても、いつも満足してプールから出ました。その嬉しさが、夜の読書を一層楽しいものにしました。

その当時、私ももちろんですが、全国の中学校の水泳選手が、彼に勝つことを目標にしていた中学生が、静岡県の浜松にいました。

その人は名前を古橋広之進《ふるはしひろのしん》といい、私と同い年でした。敗戦後「フジヤマのトビウオ」と称されて、世界の水泳界に君臨された方です。そういう大選手を、万年補欠で、「九段坂のダボハゼ」を自称していた私が、打倒古橋として念頭に置いていたのですから、ゴマメの歯ぎしりでありましたが、裏返せば、私がいかに意気旺《いきさか》んであったかです。

しかし、その驕《おご》りには天罰が下されました。三年生の夏休みに入った七月二十日のことです。

水泳部の校内合宿まで数日の間があったので、放課後暗くなるまで泳いでから帰りました。夕食をすませ、本を読んで、さて寝ようとするあたりから、急に強い寒気に襲われました。母が冬の蒲団を押入れから出して敷いてくれたのですが、それでも寒くて、体がガクガクとふるえて止まりません。

そして夜中には、胃のあたりがキリキリと痛み、時間がたつにつれて激しさを増しました。お医者さんを呼んで来てェの私の苦しい訴えに、女中のすみやが深夜の町に飛び出したのはいいのですが、なぜか連れて来たのは隣の町内の産婦人科のお医者さんでした。

問診されるままに、私は明日から夏休みなので午前中で学校は終わったため、午後一時半頃から八時まで、水泳部の今学期最後の練習で、一生懸命泳いでましたと言うと、

「ははあ、泳ぎ過ぎて体が冷えたんですね。湯タンポを入れて、温めるのが肝心です」

と診断して帰りました。家の者は直ちにお湯を沸かし、うちにはこんなにたくさんの湯タンポがあったのかとびっくりするくらいの数の湯タンポに熱湯を入れ、

私の蒲団の中に差し込みました。後で考えれば、この時すでに体の中では、虫垂《ちゅうすい》炎《えん》(盲腸炎)が進行し、虫垂は腫れるだけ腫れて膿を持ち、腹膜炎へと移っていたのでした。それをさらに温めたのです。

明け方近くなると、私は痛みに耐えかねて、うんうん唸りながら、七転八倒する状態になりました。必死に病院へ連れてってと叫びました。ちらっと昨夜のヤブ医者の顔が浮びましたが、同時に馬車が来たよの声がしました。救急車のことです。

どこにそういう馬車がいつも保管されていたのか全く知りませんでしたが、まるでアメリカの西部劇の幌馬車のように、下は四つの車付きの台車ですが、上は大きな幌になっていて、まるでうな重の蓋をそーっと開けるように開くと、台車の上には蒲団が敷いてあるのです。今まで見たこともありませんでしたが、私は蒲団ごと、父や母やすみややや住み込みの何人かの男の従業員の手によって持ち上げられ、危ないよ、気をつけての大声の中を階段から下に下ろされ、そのまま馬車に寝かされました。母が一緒に乗り、蓋が閉じられ、馬車はパカパカと夜明け近い町を走りました。

「どこへ行くの」

「日本橋の病院だよ」

「何ていう病院」

「知らないよ。痛むかい。もう少しだから我慢してね」

揺られ、そして痛みにまるでうなぎの蒲焼きが何度も火の上で引っくり返されるように、寝返りを打ち続けるうちに、馬車は隅田川を渡りました。両国橋だよと、幌についている小さな窓から外を見た母が言いました。

馬車が止まり、幌の蓋が開けられました。先生や看護婦さんが飛び出して来て、私を蒲団ごと馬車から降ろし、病院内に運びました。私はちらっと「内臓外科」と書かれた看板を見ました。蒲団が一時廊下に置かれました。私は転がり出て、四つん這いになり、

「先生。おなかを切って。痛てててて」

と、苦しそうな声で叫びながら、手術室の看板がかかっている方へ這って行こうとしました。母が背中に蒲団を掛けましたが、それを引きずって這いました。看護婦さんが左右から助けようとしましたが、私は這いました。

担架が持って来られ、私は激痛のおなかを抱えるようにして、横向きに担架に寝ました。運ばれたのは手術室で、私は手術台にすがるようにして起き上がり、自分で手術台の上に寝ました。看護婦さんが寝巻きを脱がせ、手術着に着せ替えるのは無理と見て、私の体の下に敷きました。お医者さんが言いました。

「盲腸炎。私達は虫垂炎と言いますが、これが手遅れになっていますから、直ちに手術に入ります。局部麻酔を背骨に注射しますので、下半身の感覚は無くなりますが、上半身と意識ははっきりしています。ただかなり悪化していて、余病を併発しているかもしれないので、手術はやや長い時間かかります」

二人の看護婦さんが左右の腕を抱くようにして摑みました。私は手術台に足をぶら下げるようにして座らされ、その両足を一人の看護婦さんが膝のところでぎゅっと押さえました。

「注射します。体を少し前へ倒して」

言われる通りに背中を丸めました。針が体に突きささるのがわかりました。途端に両足がピンと上がり、床に膝を突いて私の両膝を押さえていた看護婦さんのおなかのあたりを、両足の甲が蹴り上げました。看護師さんが仰向けにひっくり返りました。

「ごめんなさーーい」

私は叫びましたが、お医者さん達や看護婦さん達はどっと笑いました。注射に対して神経組織が反射的に反応したのでしょうか、そのあと仰向けに寝かされた以後のことは、正確には記憶していません。ただ下半身を手のひらで極めて軽く撫でられている感じだけは続いていましたし、やがて腹の中から取り出された虫垂は、普通は小指ぐらいの大きさと聞いていましたが、大きなフランクフルト・

ソーセージぐらいあるように見えました。

昏々《こんこん》と眠り続けました。目がさめても、今日が何日で何曜日かもわかりませんでしたが痛みは完全に消えていました。

「腹膜炎に近い状態だったそうよ。あんな大きな虫垂を見たことはなかったわよ」

と、看護婦さんがそっと教えてくれました。

「五日後に抜糸しますが、その時の症状を見て、あとを考えます。極めて稀な手術でした。よくあそこまで我慢してましたね」

お医者さんはそう言ってくれました。お医者さんのさぞや痛かったでしょうという思いやりの言葉が、印象的に耳に残りました。

それにしても、人間の体を切り開いて患部を癒やすことができる手術という技術は、小学一年の時といい、今度の場合といい、凄いことだなあと思い、お医者さんは偉い人なんだなあと素直に感じました。そして、看護婦さんは女なのに手術で先生を助けたり、おなかの中までのぞいたりして、これまた偉いなあと心の底から思いました。気が弱い私には不可能な仕事です。

これが人生二度目の手術でした。中耳炎といい、虫垂炎といい、不運にも患ってしまい、しかも悪化させてしまいましたが、医療関係者のお力で乗り越えることができました。本当にありがたいことです。

十代の青春時代

先述しましたが、東京大空襲で家を焼かれ、生まれ故郷を失った私は、旧制弘前高等学校へ入学するために、誰一人知る人のない青森県へ向かったのでした。戦時中でしたので、再び生きて会えないかもしれないと、両親と水盃《みずさかずき》をして別れ、単身超満員列車に丸一日揺られて津軽に辿り着くと、たちまちのうちに戦争と空襲によって受けた深い傷が癒やされたのは、津軽の持つ大自然の優しさによるものだったのでしょう。

聳《そび》える岩木山の温容、穏やかに連なる青い山脈の稜線、北国なのに暖かさを豊かにたたえてひろがる緑の野面《のづら》、やがてのことに、落葉松《からまつ》の梢《こずえ》を、地の果てまで響き渡るかのような郭公《かっこう》の鋭い鳴き声が渡って行くのを聴くと、津軽は私の生涯の心のふるさととなりました。

入学してすぐに敗戦の夏を迎え、一旦休校となりましたが、秋に再開され、懐《なつか》しい顔が寮に揃いました。黄葉紅葉に彩られた津軽野の秋、さらに地吹雪と七色の雪が舞い続ける冬の北国の大自然は、静けさの中で久しぶりの勉学を助け、心を癒やしてくれました。

そして、新しく入学した一年生や学徒出陣から生還できた三年生も揃って、寮生が三百人になった春、私は寮生の物心両面の世話をする寮務委員長に選出されました。大変な激職で、戦前でも前後期二期連続で務めると、教室へ出ている時間がないので、出席日数不足で必ず落第すると言われていたのですが、私はなんと四期連続余人を以て替え難いという単純な総意で、卒業近くまで務めさせられてしまいました。

私は寮生達から寮創立以来最強のボスと呼ばれましたが、最上級の三年生の時でも、二年生一年生の後輩を呼ぶ際には、自然に「さん」づけで呼び、呼び捨てにしたことは一度もありませんでした。

旧制高校には全国から学生が集まりました。なにしろ高校は国公私立合わせて四十校ぐらいしか全国にありませんでした。俊才英才秀才が揃っていて、私のように早生まれでしかも中学四年から入学入寮した学生は最年少で、ダスキン（ドイツ語のダス・キント、少年、子供の略）と言われていた程でした。

ところが、思わぬ風の吹き廻しで委員長となり、一人ひとりと物心両面にわたって接し、徹夜も辞せずに談論風発していると、一人ひとりが私には絶対に無い何らかの素晴らしい才能や能力や性格を持っているのに気がつきました。この点では自分はこの人を手本にすべきだと思うと、自然にその人への敬意が湧き、それが「さん」づけに表れ、朝出会っておはようを言う時も、私は必ず後輩寮生に自然に頭を下げながら挨拶しました。私の中に流れている商人の血であったのかもしれませんが。

後にテレビに出るようになって、視聴者の方から良く言えば礼儀正しく、悪く言えば馬鹿丁寧なおじぎをするアナウンサーと言われ、マスコミにもしばしば書かれたのは、十代の旧制高校生以来、私にとっては身についていた人への敬意だったのです。


寮務委員長の一番大きな仕事は食糧集めでした。とにかく学生自治寮なので、あの大食糧難時代に三百人の寮生——全員が十代の食べ盛りです——を、自分の力で三度食べさせなくてはならず、青森県下の町村はもちろん、東北六県ははては北海道まで、食糧確保のために、歩き廻らなくてはなりませんでした。何十年も後に、池端清一《いけはたせいいち》君というすでに故人となりましたが、かつての国土庁の長官を務めた後輩が、中央の新聞に、

「自分が旧制弘前高校に入学した時、寮務委員長というボスだったのが鈴木健二

先輩だったが、我々寮生のために、あの大食糧難時代に東奔西走して、食糧を確保してくれた。同じ十代だったが、もし鈴木先輩がいなかったら、我々は全く学問を続けることはできなかったろうし、卒業は不可能だった」

と書いてくれたのが、真実の証しです。確かに中間や期末試験の時だけは、それこそ一夜漬けの勉強で教室へ行きましたが、まるで答案は書けませんでした。平均点の六十点が一点欠けても落第です。委員長を二期続けたら落第という寮創立以来のジンクスは、そっくりそのまま自分に当てはまるようでした。

しかし、学校側はこの学生は学生としては学力不足で落第だが、社会に出れば、人並みのことはできるだろうと、私を学校始まって以来最低の成績で、卒業させてくれました。旧制高校の「個人」を認める学風の良い所だったように思い、今でも感謝しています。

さらに卒業の半年前には、学校から寮の規約（寮規）を敗戦前の質実剛健一本槍を廃止して、新しい民主主義時代にふさわしいものに改定する案を考える会の委員長まで頼まれたのです。そこで、その冒頭の第一条に、私は次の言葉を掲げました。これが私の一生の中で、最高にして唯一の仕事です。

「北溟寮の根本精神は『愛』である」

これは学校側や全寮生の猛反対にあいました。愛とは何かという教授達や学生の連日連夜の質問に対して、私は一貫してこう答えました。

「愛とは思って、思って、思い抜くことです。対象が異性ならば恋愛、大自然ならば自然愛、祖国ならば祖国愛、社会ならば社会愛、父母兄弟ならば家族愛、友人ならば友情と、愛の形は様々です。漠然とした言い方ですが、それぞれの対象が持つ『命』のようなものを尊重することです。

今度の戦争で世界中の人が失ったのは、親と子、人と人、人と大自然、時には人と祖国が互いに引きあう「愛」だったのではないでしょうか。いや、失ったというよりも、失わせられたと言ってもいいでしょう。失ったものは自分で探し出して取り戻すのです」

半年間説得を続け、この言葉を第一条に掲げました。

十六歳から十九歳までの三年間、この寮で過ごした三年間の十代の青春は、私のこれまでの人生の最も輝かしい時代でした。

入寮五か月後に敗戦となりましたが、その直後からは、「個人」の「愛」の集合によって造られる「北溟寮」という民主主義「社会」の中に生き始められたことは幸福でした。

第三章

テレビ界　最後の職人

優しさと勇気、そして気配り

数年前、アイスランドの氷原を十数頭の犬に引かせた橇《そり》でかなりの長距離を走る苛酷なレースをテレビで見たのですが、レース後優勝者がこう語りました。

「疲れた。ほんとうにくたびれた。でもスタートからゴールまで、私は神と共にいられて幸せだった。神様はどこにいたかって？　私は犬の一番後ろの橇に乗っていたんだぜ。つまり、犬達を後ろから見ていたんだよ。犬は英語でＤＯＧだ。それを後ろから見れば、ＧＯＤじゃないか。アッハッハ」

人生をどこからどう眺めようと、それは人の勝手です。ただ一つかんじんなのは、人間だから、人と人との間に、どんな形でもいいから、そばに居たり、一緒に何かを眺めたり、ひとことでいいから話したりすることが大切なのではないでしょうか。もしそれすらできない人が近くにいたら、なんとかして助けてやろうとする優しさと小さな勇気を持ちたいものです。これが気配りです。

私はといえば、少なくとも生まれてから十歳の夏までの私は、果して成長するのかと、幼い自分ながら心配の日々が続いていたのでした。私は、生まれつき体が弱く、気は小さく、今で言う引きこもりで、外で友達と遊ぶことは大の苦手でした。家の薄暗い部屋の中で、おせんべをかじりながら、炬達《こたつ》に入って本を読み続けている姿が、私の幼年時代のたった一枚の自画像です。

三つ子の魂百までとはよく言ったもので、今でも私は人の中にいるよりも、ひとりっきりの方が好きです。この性格は私のこれまでの人生に深く影を落しているといってもいいかもしれません。

自分一人になろうとする時間が多いから、世間話や雑談が極端に不得手で、殊に女性と話すとなったら、その場から逃げ出したいくらいです。何の話をすればいいのか、見当がつかないのです。

その反動もあって、仕事となったら独善的で、ややもすると常識や慣例の枠からハミ出してしまう。従って組織人になれない。二十二歳から七十五歳までの約五十年間のわが月給取りの生活を顧みると、**私は一匹狼に近い存在だった気がします。職場の先頭もしくは真ん中にいながら、なおかつ自分の流儀でこつこつしこしことひとりよがりな職人仕事をしてきた感じがするのです。人呼んで、テレビ界最後の職人だったゆえんです。**

日本放送協会、熊本県立劇場、青森県立図書館は、いずれも決して小さな組織ではなかったはずですが、そこで二十二歳から七十五歳まで働き、はたの人は随分迷惑だったろうと、遅まきながら後悔しています。

大病を患って

私は五十歳の時に、左の腎臓を摘出するという大手術を受けました。原因は悪化した糖尿病で、直前にはひどい痛風や尿路結石を患っていました。しかし、そのまた原因は、三十代四十代の超多忙による不規則な生活と暴飲暴食にありました。

何事によらず、初期は忙しいものですが、私がNHKに入局した一年後の昭和二十八年二月一日に、全局員が全く未経験な状況でテレビ放送が始まったのですから、その忙しさは尋常ではありませんでした。殊に三十歳を過ぎるあたりからは、アナウンサーとして毎週十数本の番組に携わり、その上、企画、脚本、美術、俳優さんの演技指導など、およそテレビが必要とするあらゆる分野に首を突っ込まざるを得なくなり、さらには受信料不払いの解消にまで動員され、営業や技術開発にまで参加させられるようになっていました。

徹夜仕事が当たり前、週に二回昼食が取れたら、今週は何という幸せな週だったろうと思う程でした。休暇は一日もなく、運転免許をとるどころか、ゴルフや釣りはもちろん、サラリーマンの常習である帰り道に赤のれんをくぐってちょいと一杯の楽しみも、一度も味わったことがありませんでした。

四十五歳頃には糖尿病の本格的治療に入らなくてはならなかったのですが、それどころではありませんでした。


一九六〇年代に「70年代われらの世界」という当時NHKの唯一のスペシャル長時間番組を月に一回担当していた私は、一九七二年には、東西の冷戦のため、情報がほとんど入って来ない東欧圏、即ち当時のソビエト、インド、東ドイツ及び西ドイツと、放送の現状視察にフランス、イギリス等の西欧圏、さらに独立一年後のバングラデシュなど、およそ大部分が取材困難な国々を、時には単身で、時には優秀なスタッフ五人に支えられて、約一年間取材して廻ったのです。

この放送が終わると、休む間もなく、当時注目され始めた「ガン」について、内科、外科、化学療法の三つの方向から取材に入りました。それを一時間三十分ずつの長時間番組として三本制作し、さらに新しく担当を命じられていた歴史番組のこれまた長時間スペシャルを二本、合計五本もの長時間番組を一週間のうちに強行して作ることになりました。

これらの仕上げの制作が、生放送ではなくて当時漸《ようや》く本格化して来たビデオテープによる制作と決まり、当時五十歳となっていた私は、初秋のある一週間、毎日一本ずつ、この長時間番組を五本、立て続けに収録しなくてはならなくなりました。この週を乗り切ることが、この年の私の最大課題となったのです。

その最初の月曜日の朝が来ました。ものごとに鈍感な私にしては珍しく、いざ出陣とでも言うような軽い緊張感がありました。迎えの車に乗る前に、急激な尿意があったので、トイレに行き、放尿した瞬間、私は危うく卒倒しそうになりました。その光景はこの世のものではなかったのです。

どす黒いまでに濃い紫色をした大量の血尿でした。しかも血液は他の物質とまじると、凝固する性質があると聞いていましたが、どす黒い紫色の液体の半分は、まるで豚や牛や鳥のレバーのような固体が、メガネのレンズぐらいの大きさになって、無数に出ていたのです。

私はそのレバーの一つをつまんでみました。すると表面は触れると同時に壊れて、中から真っ赤な血液が溢れ出ました。まるで火山から噴き出した溶岩のようでした。

水で綺麗に流してから、私は家内にはそのことを告げずに、車中の人となりました。何が自分の体の中に起こったのか全く理解ができず、恐ろしいほどの不安、あの東京大空襲で逃げまどった時以上の不安、つまり間もなく死ぬであろう予感に占領された不安が襲いかかり、身も心も逃げる余地が全くない絶望状態でした。

代わってもらうにも、すでに数年間この問題を追求し取材し、なおかつ長時間の番組とあっては、代わってもらえる人はいません。その一方、もし私がこの現場から逃げてしまったら、ガンと歴史両方の番組で五本もの大穴が開いてしまうのです。それは放送にとって、またＮＨＫにとっても空前の大事件になってしまいます。

二日目の夕方には、大量の血液を失って、血圧が下がったせいか、意識がもうろうとして、いま自分が何を話し、次にはどのように番組を進行させればよいかを判断するのに、それこそ死にたくなるような苦労をしました。

番組が終わると資料室へ直行し、手当たり次第に医学を中心に辞書のページをくって、自分が置かれている状況を知ろうとしましたが、悪い情報ばかりが積み重なりました。

三日目、やっとガンの番組三本の収録を終え、帰宅して初めて家内に症状を話しました。幸い家内は気丈にも可能な限り電話をかけ続け、知り合いに日本赤十字医療センターで泌尿器科の医師をなさっている方がいらっしゃることがわかり、困難な交渉の末、来週の月曜日に診断を仰ぐことが決りました。

体の中で自然止血が起こったのでしょうか、三日目の化学療法の収録の頃には、尿は綺麗に澄んでいるように、肉眼では見えました。


幸い三日目のゲストの先生は、私の出身である旧制弘前高校の先輩の方で、化学療法の世界的権威で、しかも、私が長い外国取材に行った翌年に胃ガンで他界した父の主治医でもありました。収録後、私は先生に自分の症状を話し、何の病気でしょうかと尋ねました。聞かれた先生はびっくりした表情で言われました。

「よくまあ三日間、その体でこの難しい番組をやりましたね。普通ならば、最初の大出血で即入院ですよ」

「頭がずっともうろうとしていました」

「当然です。どうして昨日や一昨日の先生に話さなかったの。物凄いばかりの職業意識ですね。番組をやっている間、ずっとにこやかな表情をしていたので、全然気がつかなかった。いつも見る歴史の番組よりは、多少ゆっくり目にやってるなとは思ったけど」

「いえ、立っているだけで精一杯でした」

「たぶんそうでしょう。紹介するから、明日ガンセンターへ行きなさい。できれば今晩でもいいですよ。腎臓や膀胱のガンではなさそうだが、とにかく血管が切れてるね」

「いえ、それが……」

私は明日と明後日に歴史の長時間番組を作らねばならず、月曜日に日赤でみていただくことになっていると言うと、先生は先輩らしく語気を荒らげて言いました。

「自殺行為だよ。死んでも自業自得だよ。言うなればいま君は危篤状態なんだ。もしも、今日これから少しでも異常があったら、仕事どころじゃない。すぐに救急車で入院しなさい。多分、即刻検査か手術になりますよ」

のちに私が出血していた左の腎臓を摘出する大手術を受けた直後に、先生はどこから聞かれたのか、深夜に病院にかけつけて来られ、主治医と今後の治療法について、懇切な意見を交してくださいました。

すべてを無事に終え、月曜日、ようやく病院に行きました。私は再びこの病院の玄関を歩いて出て来ることはなく、出る時は柩《ひつぎ》に納まって、霊安室から、裏口に待機している霊柩車《れいきゅうしゃ》に乗せられて家路につくのだろうと想像して、日赤医療センターの玄関をくぐりました。秋の陽がこれが見納めなのか、キラキラ光って、まぶしく映ったのを記憶しています。家族宛の簡単な遺言書も、鞄の中にひっそりと入れました。

精密な検査が丸一日行われ、左の腎臓に小さな出血の痕跡がありますが、結果がわかるのは、二、三日後で、すぐ入院なさってくださいと言われました。

二日後、主治医の先生が部屋に入って来るなり、大きな声で言いました。

「手術します」

聞いた私は、あっこれで助かったと、ベッドの上で心の中にいる神様に感謝の万歳を唱えました。

「左の腎臓を摘出します。最悪ならば手術はしないはずです。使いものになりそうもありませんから。これからは右の一腎で暮らすようになります」

「先生、一腎で命はどのくらいもつのでしょうか」

「私の経験では、早い人で八か月。もっともこの方は他の病気も併発していました。しかし、うまくいけば一生もちます」

「確かに……その通りです。八か月も百年も一生ですよね。……働けますか」

「食事療法や運動に注意すれば、普通通り働ける人もたくさんいます。ただし、お酒とタバコはやめたほうがいいと思います」

私はタバコは二十歳から吸い始めました。ヘビースモーカーになりましたが、三十歳の十二月三十日の午前七時三十分に、突然一日中煙を吐いている自分が嫌になり、そこで断煙しました。専門の先生によると、禁煙の最高手段は、徐々にタバコの量を減らすのではなくて、吸っている自分が嫌になる自己嫌悪で、その場でやめることだということですから、まさにそれに当たりました。

ところが、人とお酒を飲む機会は忙しさのためにあまり無かったのですが、たまに飲むと、同席の人が目をまん丸くする程飲むので、週刊誌には、放送界酒豪番付東の横綱とまで書かれていました。いくら飲んでも酔わないのです。水を飲んでいるのと同じでした。しかし、手術を宣告されたあの日から今日までの四十年間、お酒は乾杯のビールやワインも含めて、一滴も飲んでいません。会食やパーティや宴会は、可能な限り遠慮して欠席します。

私は現在も糖尿病や前立腺肥大その他たくさんの病気を背負って生きていますが、こうした大病も経験しました。そこから得たものの一つは、病気には完治はあり得ないのではないかという考えです。たとえ退院し、元気になったといっても、何らかの障害が、体のどこかに何らかの形で残るのではないかと思います。

二十歳以後の病気は、すべて自分に責任があるという言葉は真実です。

ドイツ取材で得たもの

話しあいで大切なのは、聞くという穏やかな心を持つこと、ということを、私は、三十六年間の放送生活で知りました。

一九七二年東西冷戦のさなかに、インドやソビエト（当時）を経て、やっとのことで西ドイツのブラント首相に会うことができました。彼は野党からも尊敬されていると言われていた人物でした。たどたどしいドイツ語で、メモを見ながら質問する私に、首相は優しく平易に答えてくれていましたが、当時世界最大の問題であった東ドイツとの合併問題に触れると、体を乗り出し、少し顔を紅潮させて話してくれました。

三十分の予定が一時間を超え、「調和のとれた統一」という言葉を再三使われたのが印象的でした。そして、最も大切なのは、自己の優位を声高に主張することではなく、共有するドイツ語で穏やかに話しあうことですと強調されたのです。

一方、東ドイツのホーネッカー第一書記（大統領的役割）には、何度インタビューを申し込んでも、梨のつぶてでした。やっとデュッセルドルフの国際見本市の開会式に出席するという情報を得たので、デュッセルドルフに急行しましたが、特に開会の式典はなく、第一書記が入場門を通過するのが式典に相当するとのことでしたので、早々にかけつけて待機していました。

ところが、集まって来たのは東ドイツ放送局だけで、それもカメラマンともう一人だけでした。しかも、彼がどういう道順で場内のパビリオンを歩くのか、おびただしい数の警官に聞いても全員両手をひろげ首を横に振るだけ。その様子は知らないのではなく、知らされていないのだなと思えました。

やがて船のように大きな自動車が、東ドイツパビリオンの前に数台並びました。しかし、私はあれはトリックだと思い、道路の向かい側のイタリア館へ入りました。東ドイツがイタリアを通して、西側との貿易回復の糸口をつけたいと考えているという情報を、直前に行った西ベルリンで、新聞記事で読んで摑んでいたのです。しかも、玄関正面ではなく、裏口の職員通用口の近くで待ちぶせました。

私にしてみれば一世一代の賭けでしたが、カンは的中。数分後、新聞の小さな顔写真で辛うじて見覚えのあるホーネッカーさんがたくさんの随員に囲まれて、通用口の粗末なガラス戸をガラリと音をたてて開けて現れたのです。ドイツ人にしては少し小柄なように感じました。私は飛び出していって、

「日本のテレビ局の者です。西ドイツとの統合についてのお考えは？」

携帯録音器の小さなマイクを、手を精一杯伸ばして聞いたのです。突然横から飛び出して来て、マイクロフォンを目の前に出され、いきなり大きな質問を、最低の発音のドイツ語で聞かされて、さすがの第一書記もびっくりしたような表情で私を見つめていましたが、無言で手を差し出したので、今度は私が慌てて右手を差し出して握手をしました。

次の瞬間には、屈強な大男であった警官数人によって、私は首筋を摑まれ放り出される猫のようにつまみ出されたのです。ブラントさんとは大違いで、ひとことの会話もありませんでした。ベルリンの壁が取り壊される三年前の話です。

国のトップたる人は、ひとりよがりの自己主張をするよりも、人の話を聞くという穏やかな心を持ってもらいたいものです。

恋心

文字通り、戦火を逃れるように弘前へ行き、嘘のように穏やかな日常を取り戻した私は、学校が少し遅れて始まるというので、弘前城とその周辺を一日中歩いていました。掘割、城の石垣、大手門、近くにある教会、明治風の建物など、この古都の風情はこれまでの私の生活の中には全くなかったものでした。

ただ土地の人が話す津軽弁は、江戸下町の職人言葉を使う私には、地方的情感は伝わっても、話の中味は外国語同然。その点だけは遠い異国異郷の地に等しく、辛うじて、駄目なことを「まいね」と言う言葉だけは覚えました。

ある日、夕景の街をどこの通りかも知らずに城から学校の方へ歩いていると、一軒の門構えの家の塀越しに、白い何かをたくさん付けた一本の木が聳えていました。近づくと、それは花の蕾のようでしたが、なんという木かはわかりませんでした。

なにしろ私が生まれ育った東京の下町の町内には、庭があったのは私の家を含めて、三軒しかなかったので、樹木の名前には疎《うと》かったのです。

塀に近づいて、木を見上げたその時でした。突然木の向こうにあった二階の雨戸が開かれ、次いで曇りガラスの窓が開けられ、そこに一人の女性の姿が現れたのです。

美しい人でした。それまでに見かけたどの人よりも綺麗でした。髪は両肩に流れ、色白の顔に、切れ長の瞳が輝き、鼻筋が真直ぐに通り、唇がきりっと引きしまっていました。

私はハッとし、反射的にその人に向かって手を振ってしまいました。するとその人も振ってくれたのです。

私は、この木は何という木ですかと聞こうとして、無意識に一歩前に出たのですが、その時、母親らしい女の人が現れ、窓をぴしっと閉じてしまったのです。時間にして十数秒の出来事でした。

しかし、この一瞬の出来事は、私の脳と心の奥深くに焼き付き、あの時から七十数年後の今日まで、私はこの一刹那の光景を忘れていません。もっと言えば、私は一瞬で彼女に恋心を抱いてしまったのかもしれません。今も続いています。

その後今日まで、あの人と再び出会うことはありませんでしたし、いま弘前を訪ねても、あの白い蕾をつけた木のある家は見当たりません。

私が心の花とする花は白い木蓮《もくれん》です。小さな蕾が次々と優しく開いて、やがて白い小鳥が木に群らがって止まっているような、思わずほほ笑みかけたくなる花です。そして、一枚一枚の花びらが、ゆっくり回転しながら悠々と落ちていく。花が散ると、幹を中心に、円形の白いじゅうたんが土の上にできています。

白木蓮《はくもくれん》には桜のようなもののふの哀歓は感じられませんが、白い打掛けを着た良家の美しい娘の嫁入りのようだと、私は思っています。

原節子と隠遁願望

平成二十七年（二〇一五）九月五日、日本の映画史上最高の美しさを謳われていた女優原節子さんが、九十五歳で亡くなられました。私にしてみれば、超大輪の白い木蓮の花が、静かに舞い降りられた感じでした。

四十二歳で引退なさってから、鎌倉に住まわれて、完全なまでに隠棲なさることと四十年有余、周囲に人はいたでしょうが、美の余光を自分ひとりだけに照らして生き続けるのは、孤独にはいささかも耐えられそうもない賑やかな凡人である私には、到底できない神技です。原さんが演じた役の多くは、貞淑でやや控え目で慎ましく、静かな語調で話す礼儀正しい日本の女性の典型でした。

なぜ女優としての最盛期に引退されたのか、どの新聞にも週刊誌にも記述はありませんでした。私は横浜に住んでいて、東京に出る時はＪＲの横須賀線保土ケ谷駅を利用していました。かなり混んでいる時には、安サラリーマンの分際にもかかわらず、グリーン車に乗ることもありました。

すると、年に一度か二度、原さんのどことなく気高い感じと違って、庶民風の親しみ易さで、やはり昭和の映画界に貢献された田中絹代さんにお目にかかることがあり、「おはようございます、お元気で」程度の挨拶を交わすこともありました。また、「男はつらいよ」の渥美清さんとも、顔を合わせて「ようス、げんきィ」と男の挨拶をすることもありました。

もしかすると、鎌倉にお住いの原さんともという期待が無きにしもあらずだったのですが、チャンスは一度も来ないままでした。

原さんが四十二歳で引退を決心したのは、もしかしたら、ある時ふとご自分の年齢を重ねた後のご自分の老醜無残の姿が脳裏をよぎったからではないでしょうか。

隠遁生活中のことはほとんどわからず、見事な雲隠れでしたが、亡くなられたことが発表になった二か月後ぐらいの新聞記事によると、親しい方に電話で、「足が時々痛くなって、畳の上に座るのがちょっと困るのよ」と言われたと書いてあるものが数紙ありました。

原さんが映画の中で畳の上に膝を折って座った姿は、少なくとも私にとっては、原節子なる女優を思い起こさせる美しい一場面でした。原さんは老いて座るのが難しくなって行く自分を想像した時に、いつかそうなる前に銀幕を離れようと、心に決められたのではないでしょうか。七歳程年下のファンの私は勝手に推測し、あらためて原節子さんや田中絹代さんが美しく輝いていた昭和の良き時代を回顧するのです。

放送局で働いていた三十代四十代の頃から、ハゲデブメガネで女性にもてない三重苦の上に、ゲジゲジ眉にドン栗マナコ、鼻ぺちゃワニ口二重アゴ、三段腹に超短足と、自他共に認めて、自嘲的笑いでゴマカしていた私。**原さんの長期隠遁生活と、ひっそりとこの世を去る生き方は、実は私の理想の生き方であるのです。**

「クイズ面白ゼミナール」と視聴率

東京大空襲の五年後には、自分の将来の計画に、まるっきり入っていなかった放送局に、アクセルを踏み間違えて激突したような形で就職。さらに想像だにしなかったテレビ放送が翌年に始まり、カメラの前で話す自分の姿が、そのまま全国の家庭に映ってしまうなど、あまりにも激しく想定外の自分の変化でした。

「日にわが身を三省す」の儒教的徳目を敗戦前から自己鍛錬の一つとしていましたが、三省どころか、反省は半省で、実際はそのまた数百分の一でした。というのも、自分を省《かえり》みる時間が皆無だったのです。それほどに忙しい日々をおくっていました。

五十代の半ばにさしかかり、NHKの全国約五百名(当時)のアナウンサーの最古参になりかけていた時、紅白歌合戦の視聴率が七〇%台から六〇%台に落ち、NHKの凋落《ちょうらく》などと活字マスコミに盛んに書かれるので、なんとか七〇%台に回復したい、ついては力を貸して下さいと、芸能局から頼まれました。他の番組で忙しくて、紅白を一度も見たことがなく、歌手も歌も全く知らなかった私は、NHK発行の本にも、「これほどマスコミから叩かれ、悪評を受けた司会者はいなかった」と書かれていますが、私は自分が叩かれれば叩かれる程視聴率は上がると考え、常識破りの司会をし、視聴率を約束通り七〇%台に戻し、局内では「紅白中興の祖」と呼ばれました。

流行語にもなった「私に1分間時間を下さい！」もこうして生まれたのでした。こうして私の顔と名前は全国区となってしまったらしいのです。想定外のそのまた外でした。定年を五年後に控えていましたが、その頃になって私は、テレビに映るアナウンサーなんて仕事は、五十面《づら》下げてやるもんじゃねえなあと思っていた矢先でした。今でもこんなのだから、六十代になって、老醜無残の姿を、数百万数千万の視聴者の前に晒《さら》したくねえなあとひとり悩んでいました。

ある週刊誌に顔写真入りでノーベル賞の湯川秀樹先生の記事が掲載されていました。

「日本はジャーナリズムがうるさ過ぎる。全く関心のない事柄について、シツコク意見を求められるのは困る。外電による事件について、夜中に電話をかけてくることが多い。家内もこれにはいつも困っている」

いわゆる夜討ち朝駆けで聞いて来るという取材の中身は、湯川先生と私では全く違うものでしょうが、少なくとも昭和三十六年あたりから、ＮＨＫを退職した前後の六十三年夏のはじめまで、私は湯川先生と同じ状況の中で暮らさざるを得ませんでした。

ある日の夜。電話のベルが鳴りました。

「鈴木でございます」

「……湯川です」

「え……あの……」

「湯川……秀樹で……ございます」

「えーっ、奥様ですか」

「はい……夜分遅く……湯川が今……息を引き取りました……」

「えーーっ……それを私のような者に」

「はい……生前湯川がマスコミの人ともたくさん話したが、自分を一番理解してくれているのは、鈴木健二さんだと、よく申しておりましたので……」

湯川秀樹先生逝去と言えば、即刻世界中のマスコミが報じるし、マスコミへ知らせるのが何よりも先だし、どうして私に……と、受話器を置いたままの恰好で、私はしばし狐につままれたように茫然としていました。

先生とは三回お会いしていました。一度めは、仕事で京都へに行き、朝散歩をしていて糺《ただす》の森のあたりで、偶然これまた散歩中の先生と出会ったのです。理系の知識皆無のせいもありますが、先生と話す時、私は中性子とか物理学とか世界平和やノーベル賞の話は一切しませんでした。もっぱら世間話や若かりし頃の先生の思い出話や京都のことばかりを、意識的に聞いて、お話をしました。

それが世界のどこへ行っても二十四時間緊張を強いられる先生を、多少なりと楽にしたのかもしれません。それを先生は自分を理解してくれているという言葉で、奥さんに告げておられたのかもしれないのです。

日本はジャーナリズムがうるさ過ぎるという率直な意見の裏側には、私のような自称職人の下級のジャーナリストも存在していましたが、先生の高名は先生の学識と人格が作り出した実像で、逆に私の知名度はテレビと出版による虚像に過ぎません。自分は一介のサラリーマンなんだぞとしょっちゅう自戒していないと、実像が保てませんでした。

退職して東京を離れたあとに、以前のスタッフからの手紙で知ったのですが、私が最終の仕事として七年間参加した「クイズ面白ゼミナール」という番組は、最高視聴率が四二・二％あったそうで、この記録は民放さんも含めて、クイズ番組としても、また週一回放送する典型的な番組としても、今日までおよそ三十年間破られたことがないそうです。三年前の週刊誌にもそう書かれていました。

視聴率などはその日限りのもので、時代も視聴習慣もどんどん変わって行くので、前日までと翌日以後のどの視聴率とも比較するのは愚の骨頂だとは思いますが、私は活字マスコミからは、ＮＨＫの視聴率男と書きたてられていました。

テレビの急激な普及に押されて、新聞や週刊誌雑誌の発行部数が少なくなった反面、怨敵のテレビ局で働いていた私が書いた本が、どういうわけか時流に乗って、講談社刊の『気くばりのすすめ』が年間で四百万部、大和出版刊の『年代別・男がなすべきこと』が三百万部を記録し、ベストセラーの中に私の他の本も二冊、三冊と入れば、活字マスコミが眼をむくのは当然です。ここに前記の湯川先生の日本のジャーナリズムはうるさ過ぎるの渦の中に、皮肉にもマスコミの中にいた私も放り込まれてしまったのです。当時は私はスター扱いでした。

私自身は新人の頃から定年の日まで、ＮＨＫ創立以来最も下手なアナウンサーであると自認していて、さらに番組での打合せや職員規則に時々外れたことを仕出かすので、ＮＨＫの問題児と言われ続けていました。それなのに、全国に名前と顔だけが知られるようになったのです。その反面、語りあえる友は皆無でした。

良くも悪くも「一流の人間」にはならない方がいいような気がします。手をつなぎ、心を結びあえる友が、一人でも多くいて、しかも二流の人間がいいようです。

世情を把握する難しさ

私が小学校から中学校へ入った頃の戦争中に、どこにでも書いてあったのが、「進め一億火の玉だ」という言葉でしたが、人口の減少、労働力不足が懸念されている現代では、女性の社会進出が課題。

私が昭和二十七年（一九五二）に学校を卒業して社会人になり、最初に驚いたのは、女性の職業能力の高さでした。この財産が結婚や出産で家庭に封じ込まれ、二度と社会で活用されないのは実に大きな国家的損失だなあと思ったのをよく覚えています。

前回の東京オリンピック直後の昭和四十二年頃には、幼稚園と保育園を合体して、保育幼稚教育を一まとめにしてやってほしいという声が、女性の間に全国一斉に起こりました。NHKでもそれを受けて、私は三回も「幼保合体」の番組を放送しました。

「一町内一保育所の設置を目指し、今後十年間に五万人、できれば五年間に十万人の保育士を国は養成すること」と、私が会議の席上しばしば発言したのは、昭和五十八年に設置された「文化と教育に関する懇談会（文教懇）」でのことでした。この会は今日の教育の最高機関中央教育審議会の叩き台として設けられた委員会で、しかも総理大臣の諮問機関として発足したものだったのです。三十五年も前の話です。

なのに今頃やっと保育園だの待機児童だのの話が国会でも地方でも俎上に載っています。戦争で親を失った子は戦争孤児と言われていましたが、いまの幼い子達は政治行政孤児か悪政孤児と呼ぶべきでしょう。

民衆の生活実態や感覚と政治行政が極端にかけ離れているのが日本の特徴です。常識がズレ過ぎているのです。しかし、実態を知らないのは政府や政治家や公務員だけではなく、時にはマスコミも一緒です。

放送局に在職中私は仕事で「日本津々浦々」を歩き、さらにアマゾンの奥からシベリアの果てまで行きました。しかし、六十歳の四月に放送を離れて七月一日に熊本県へ行き、県内にどのような人材がいて、どんな文化があるのかを調べるために、直ちに県下全市町村を歴訪して、人々と語りあう旅に出たのです。旧制高校時代のあの食糧調達に歩き廻った暮らしと、放送局で三十七年間番組制作で培《つちか》った仕事のための調査や取材の技術の合体でした。

ところが、何かを聞き出そうとする前に、どの人からもどこの町や村からもこんな言葉が真っ先に出てくるのです。

「なんせ人のおらんばってん、何しようにも、なんもできまっしぇんバイ」

確かにどこの村でも町でも、子供の声は聞えないし、道を歩いている人影も無いに等しく、地方が極端な過疎に陥り、中にはもうすぐ消えて無くなることが予想されている限界集落と呼ばれている村もありました。休耕田に生い茂った雑草だけが元気が良く、そこに廃止された小学校の校舎がわびしく建っていました。

これには強烈な衝撃を受けました。もしかしたら東西冷戦下の東欧圏も含めて、自分は世界中のことを知っているのではないかと思っていましたが、日本の過疎の現実を知らなかったのです。

NHKで、教育テレビが発足したと同時に、私は農業講座という番組を、夜七時半のゴールデンタイムに担当し、昭和三十年代の農村を歩き廻っていたのにです。もっとも、その頃は農村近代化、大規模農業への改善など、農村は活況を呈していました。

三年間放送したその時の頭で、私は熊本へ来てしまい、ジャーナリストとして農山漁村のこの現実を全く知らなかったことを恥じ、今でも私の心の奥深くにわだかまっています。

超過疎の集落にまだかすかに残っているエネルギーは、消滅寸前の各地の郷土芸能の中にあることを偶然発見し、この再興復元で村おこしをしようと十年間お手伝いできたのは、この恥ずかしいという思いの裏返しだった面もあったのです。

月面着陸時に沈黙を守る

二十世紀の大きなニュースに人類が月に行ったことが挙げられるでしょう。アームストロング船長が月面に足を着けたつまり着陸した瞬間、実況放送を担当した私は、自ら信じて沈黙を守ったのです。沈黙のアナウンスでした。

極めて近い将来には宇宙時代に入って行くことでしょう。その幕明けである月面着陸及び宇宙飛行士の最初の一歩は、折にふれて、未来永劫に語り継がれていくのは確かだろうとは思っていました。その事実を描写するアナウンサーの言葉も、同時に放送されるとすれば、放送者としてはなんたる好運、千載一遇の好機です。

私はドキュメンタリーのナレーションの原稿は書いた人の努力と才能に敬意を

表して、一字一句も訂正せずに読みますが、その他の番組では、スタジオや中継現場に台本や資料やメモを一切持ち込みませんでした。それは視聴者にもマスコミにもスタッフにも珍しがられましたが、私にはそれが当たり前、職人仕事のやり方だと自分ひとりで信じていました。中でもアドリブがほとんどの生中継は、それこそ下手の横好きで、準備は自分なりにしますが、時には打合せ無視の出たとこ勝負でアナウンスをしたことも再三再四ありました。

しかし、この月面着陸の時だけは別でした。ああ言おうかこう表現しようかと、あらゆる場面をこれまでに積み上げた資料をもとにして、空想に妄想や夢想を何段にも重ねて、着陸瞬間の短い文章というよりも、万世に伝えられそうな名言を紙の上に無数に書き連ね、一字一句を検討し、前夜までに完璧に準備を整えていました。

午前九時四〇分、担当していたいつもの朝の生放送の家庭向け番組を終えて、十分後その足で真っ直ぐにスタジオへ。すでにアメリカ航空宇宙局（ＮＡＳＡ）

内部の緊張した画面が送られて来ていました。

画面を見た瞬間、私は何かの閃きを感じて、いきなり各地の中継地点に連絡する技術者用のマイクを借りて、大急ぎでこう喋りました。

「アナウンサーの鈴木健二です。よろしく。一つだけ覚えておいてください。宇宙船のアームストロング船長か宇宙飛行士の誰かが、最初の一歩を月面に着けた時は、たぶん永遠に記録される瞬間です。ただし、この時私は何も喋りません。たぶんその飛行士はすでに言葉を自分で用意しているか、さもなければ地上のNASAから感想を求められるでしょう。それは永遠に記念されるべき言葉なので、いま世界中の人がテレビを見ているでしょうが、それを少なくとも日本だけは、飛行士のナマの声を視聴者に送りたいのです。それを邪魔したくないのです。従って私は何も喋りません。沈黙します。私が話すのを忘れたとか、中継回線に事故が起こったなどと思わないでください。時間はたぶん最も長くて一分間ぐらいだと思います。よろしくお願いします」と。

私はすべてを捨てて、着陸の瞬間の画面をただただ見つめていました。

この沈黙がNHK創立以来最も下手なアナウンサーであった私が、およそ三十六年間で唯一「私がやった仕事」といえるものだったと今でも信じています。私は喋ると下手なアナウンサーだったのであって、喋らなければ、一流の名アナウンサーだったのです。アームストロング船長の「人類の第一歩」の名言は、日本ではそのままご本人の声だけで現在も残っていると思います。

沈黙は金どころかダイヤモンドになる瞬間もあるのです。

鈴木健二（すずき・けんじ）
1929年東京下町生まれ。52年NHK入局。翌53年からテレビ放送が始まると、あらゆる分野の番組に新境地を開拓、博覧強記の国民的アナウンサーと呼ばれて親しまれる。88年定年退職後は一転して社会事業に専心。熊本県立劇場を拠点に、私財を投じて文化振興基金を設立。これを原資に、過疎で衰退した地域伝承芸能の完全復元を通して数々の村を興し、多数の障害者と県民の愛と感動の大合唱「こころコンサート」を最高1万2千人参加で、全国で7回制作上演して文化と福祉を結ぶ。70歳で青森県立図書館長に転じ、「自分で考える子になろう」を旗印に約200の小学校で押しかけ授業をし、読書の普及を図る。75歳で退職。この間テレビ大賞、日本雑学大賞、ユーモア大賞、文化庁長官表彰他多数を受賞。また『気くばりのすすめ』など、ベストセラーを相次いで発刊。昭和の世代に多くの共感を呼ぶ。

昭和からの遺言

2019年1月25日　第1刷発行

著　者　鈴木健二
発行人　見城 徹
編集人　福島広司

GENTOSHA

発行所　株式会社 幻冬舎
〒151-0051　東京都渋谷区千駄ヶ谷4-9-7

電話　03(5411)6211(編集)
03(5411)6222(営業)
振替　00120-8-767643
印刷・製本所　中央精版印刷株式会社

検印廃止

Printed in Japan
ISBN978-4-344-03419-8　C0095
幻冬舎ホームページアドレス　http://www.gentosha.co.jp/

この本に関するご意見・ご感想をメールでお寄せいただく場合は、
comment@gentosha.co.jpまで。